미셸 오바마
스타일

미셸 오바마
스타일

장세

현대의 가장 영향력 있고 패셔너블한 여성, 미셸 오바마

미국의 첫 흑인 퍼스트레이디가 된 미셸 오바마는 가장 능력 있고 스타일 좋은 여성으로 꼽히고 있다. 그녀는 자신의 인생에서 정말 중요한 것이 무엇인지를 알고 매순간 현명한 선택을 통해 지금의 위치에 당당하게 섰으며, 지금 많은 이들에게 변화와 희망의 가능성을 심어주고 있다. 능력과 여유 그리고 부드러운 카리스마까지 모두 갖춘 그녀를 많은 여성들은 롤 모델로 삼는다.

뿐만 아니라 그녀는 놀랄 만큼 뛰어난 패션 감각을 가지고 있다. 고가와 저가 브랜드를 적절하게 조합할 줄 알며, 평범한 기성복도 즐겨 입는 그녀는 미국뿐 아니라 전 세계인의 시선을 사로잡았다. 대담한 컬러, 굵은 벨트, 카디건 등 모험적이고 과감한 시도들을 통해 자신을 표현하는 미적 감각은 그녀가 가진 또 하나의 특별한 매력으로 인식된다. 전 세계가 미셸 오바마 스타일에 빠져 들고 있는 것은 어쩌면 당연한 일인지도 모른다.

이 책은 수잔 스위머의 눈에 들어온 미셸 오바마의 모습을 기록한 것이다. 그녀가 대중에게 어떤 영향을 미쳤는지, 그녀의 에너지가 대중을 어떻게 움직였는지, 지금의 자리에 서게 된 그녀의 힘이 무엇인지 보여주고 있다.

또한 경험 많은 패션에디터답게 그녀의 스타일을 완성시킨 룩도 세밀한 시선으로 관찰한다. 활동성이 좋은 슬리브리스 드레스를 즐겨 입는 퍼스트레이디의 개인적인 취향에서부터 그녀의 옷장 속까지 미셸 오바마가 지금까지 입었던 수많은 아웃핏

— Michelle Obama —

을 자세하게 설명해준다. 전국 순회 유세장이나 백악관 가든파티, 평범한 일상복이나 공식 행사용 정장에 이르기까지 미셸 오바마가 입었던 다양한 룩을 보여주는 100여 장의 사진을 통해 때와 장소에 적절한 스타일, 자신의 매력을 한껏 돋보이게 하는 스타일이 무엇인지에 대한 답을 얻을 수 있다.

전문가의 예리한 평가와 아름다운 사진이 담겨 있는 이 책 『미셸 오바마 스타일』은 가장 영향력 있고 패셔너블한 현대 여성에게 바치는 헌사이다.

Dream big, think broadly about your life,
and please make giving back to your community a part of that vision.

Contents

프롤로그| 현대의 가장 영향력 있고 패셔너블한 여성, 미셸 오바마

Part 01
워너비 미셸 오바마

Michelle obama

Wannabe
Michelle obama

워너비 미셸 오바마

어디서든 자신의 포지션을 만들어라

대중은 미셸 오바마의 매력에 빠르게 도취되고 있다. 하버드 대학교 출신 변호사이며 성공한 경영자이자 두 딸 아이를 둔 엄마, 가족을 위해 헌신하는 딸 그리고 이제 미국의 퍼스트레이디 미합중국 대통령의 아내로 거듭난 미셸 오바마.

그녀는 아름답다. 마르지도, 뚱뚱하지도 않은 표준형의 몸매에 182센티미터가 넘는 장신으로 언제 어디서나 돋보인다. 하지만 그런 그녀도 2007년 전까지는 대부분의 미국 대중들에게 낯선 존재였다. 민주당 경선 초반에는 그녀에 대한 반대율이(35%) 지지율보다(30%) 높았다. 박력 있고 카리스마 넘치는 남편 옆에 선 그녀의 첫인상은 무척 신중하고 조심스러운 모습이었다.

사실 2007년 초반만 하더라도 대중의 시선은 온통 다른 여성들에게 쏠려 있었다. 그 주인공들은 힐러리 클린턴과 공화당 대통령 후보였던 루돌프 줄리아니의 아내 주디스 줄리아니(루돌프 줄리아니는 2008년 1월 후보를 자진사퇴했다), 또 다른 공화당 후보 존 매케인 상원의원의 아내 신디 매케인이었다. 모두 대단한 능력을 지녔으며 자신만의 매력을 발산하는 여성들이다. 그들은 조금이라도 더 자신을 알리기 위해 꺼리지 않고 카메라 앞에 나섰다.

그런 와중에 미셸 오바마는 스타일리스트 하나 없이 꾸미지 않은 차림 그대로 나타났다. 몇몇 비평가들은 오바마 선거 캠프의 의도적인 전략이 아니냐며 의심의 눈초리를 보냈지만, 그녀를 곁에서 보아 온 지인들은 미셸이 가식 없고 한결같은 사람이라는 것을 알고 있었다. 그녀는 공석에서나 사석에서나 변함이 없었다.

2008년 민주당의 대통령 후보 경선이 본격적으로 시작되었다. 미국 역사상 가장 길고 힘든 선거전으로 기록될 싸움이었다. 민주당은 버락 오바마와 힐러리 클린턴이라는 강력한 두 명의 대통령 후보를 놓고 분열되었고, 일 년이 넘는 긴 시간 동안 정치 토론과 선거 집회가 벌어졌다. 두 후보는 연단 위로 쏟아지는 스포트라이트를 나눠 받으며 갑론을박의

" "

Millions of Americans who know that Barack
understands their dreams; Millions of Americans
who know that Barack will fight for people like
them; and that Barack will finally bring the
change we need.

" "

많은 사람들은 버락이 그들의 꿈을 이해하고 있다는 것을, 버락이
그들과 같은 이들을 위해 싸울 것이라는 사실을, 그리고 결국
우리가 원하는 변화를 가져다 줄 것을 알고 있습니다.

열띤 토론을 벌였고 때때로 적대적인 상황까지 치닫기도 했다. 버락 오바마는 이런 힘든 과정을 진지한 집중력으로 견뎌냈다.

선거 유세전이 박빙의 혼전 양상으로 치닫자 그동안 비어 있던 자리가 유독 크게 느껴졌다. 오바마 선거 캠프는 미셸의 도움을 필요로 했다. 선거전에는 엄청난 에너지가 필요했고, 그 원천이 바로 미셸이었던 것이다.

미셸은 연봉이 21만 2천 달러(약 2억 원)나 되는 시카고 대학 의료센터 부원장 자리에서 물러나 선거전에 합류했다. 비평가들은 독립적인 미셸이 남편 때문에 자신의 정체성까지 포기했다며 한탄하기도 했다. 그러나 미셸은 단호했다.

"저는 제가 희생했다고 생각하지 않습니다. 결혼생활을 하다 보면 자신을 포기해야 할 때가 있지요. 하지만 지금의 제 경우는 아니에요. 전 변하지 않았고 엄청난 손해를 감수한다고 생각하지도 않습니다. 그랬다면 남편이 지금의 선택을 하지 않았을 겁니다. 여러분이 조금만 시간을 갖고 지켜봐 주신다면 잘 알게 될 거예요."

처음 선거 집회에 참석한 미셸은 남편 옆에서 열심히 손을 흔들고 아주 가끔 연단에 서서 연설을 하는 것으로 자신의 임무를 다하는 듯했다. 그러나 버락이 민주당 대통령 후보로 당선 될 가능성이 높아지자 미셸 또한 선거전의 핵심 요소로 급부상했다.

미셸은 빠르게 변했다. 유권자들과 정치 참모들의 피드백을 흡수하여 자신과 남편에게 도움이 되는 것과 그렇지 않은 것을 잘 가려냈다. 공개석상에 더욱 자주 모습을 드러내면서 대통령 후보인 남편의 '정책 홍보관' 역할까지 도맡았다.

그녀는 직접 쓴 연설문을 들고 연단에 선 것으로 유명했다. 미국의 현 상황을 노골적으로 비평하기보다 앞으로의 희망에 대해 말하기 시작했고, 혁명주의자적인 모습보다 한 남편의 아내이자 두 딸을 가진 일하는 엄마로 비치기 위해 노력했다.

흑인으로 태어나 어려웠던 시절을 거쳐 대통령 후보의 아내가 된 자신이 미국을 사랑하는 이유, 자신이 사랑하는 나라를 남편이 이끌어야 하는 당위성에 대해 더욱 열정적으로 연설했다. 선거 초반 비즈니스 우먼의 틀을 벗지 못하고 시종일관 경직된 모습만 보여주었던 미셸은 어느덧 풍부한 감수성과 유머 감각, 따뜻한 마음을 가진 본래의 모습으로 돌아와 대중 앞에 서 있었다.

버락 오바마는 외골수적인 성향이 강했다. 헌법학 교수를 지닌 경력대로 무언가 하나에 꽂히면 끝까지 파고들었고 모든 것을 현상 그대로 분석하고 따졌다. 한마디로 그는 전형적으로 사무적인 사람이었다. 그러나 그런 버락도 미셸과 함께 있으면 보통의 남편으로 돌아왔고 부드러운 카리스마가 빛을 발했다.

사람들은 미셸을 통해 버락 오바마가 비전을 가진 강한 리더이며 나라와 시민을 염려하는 감성이 풍부한 남자라는 사실을 깨닫게 되었다. 미셸은 대중 앞에서 오바마를 더욱 친근한 사람으로 부각시켰으며 남편과 유권자들을 이어주는 정서적 통로 역할을 담당했다. 그것은 실체가 없는, 아주 미묘한 역할이었지만 동시에 절실하게 필요한 역할이기도 했다.

남편에 대한 미셸의 믿음과 헌신이 대중들 사이로 순식간에 퍼져 나갔다. '미셸'이 버락을 믿는다면 '우리'도 버락을 믿어야 한다는 의식이 대중 속에 자리 잡기 시작한 것이다.

자신의 무한한
잠재력을 믿어라

거의 2년에 걸친 대선 레이스를 남편과 함께 하면서 미셸은 많은 것을 깨달았다. 우선 주변 사람들이 편안함을 느낄수록 계획한 업무를 수행하기가 쉽다는 사실을 체득했다. 그래서 미셸은 자신의 유머감각을 십분 이용한다. 가족에 대한 농담도 하고 자신의 옷을 어떻게 비평해야 좋을지 쩔쩔매는 기자들을 놀리기도 한다. 그리고 항상 사람들에게 먼저 다가가 악수하고 그들을 껴안는다.

"대통령과 영부인을 만난다면 저라도 온몸이 꽁꽁 얼어버릴 거예요. 그래서 특히 아이들을 만날 땐 제가 먼저 다가가 안아주려고 하죠. 아이들도 제가 똑같은 사람이라는 걸 알수 있게 말이에요. 긴장이 풀어지면 아이들은 저와 만나는 시간을 즐거워할 수 있겠죠. 우리가 만난 시간이 조금도 헛

되지 않았다는 걸 느끼게 해 주고 싶어요."

퍼스트레이디는 상징적인 존재감이 큰 역할이다. 힐러리 클린턴은 퍼스트레이디가 오랫동안 미국 여성들의 이상향, 혹은 거의 비현실적인 관념을 나타내는 존재였다고 평했다. 힐러리는 남편 클린턴이 대통령 시절 오로지 상징적인 존재로 머물러야 하는 자신의 역할을 그다지 좋아하지 않았다.

하지만 미셸에게는 최대의 장점이 될 수 있다. 그녀는 편안하며 여유롭다. 미셸의 힘은 제도적인 것이 아니라 상징적인 것이기 때문에 위협적이지 않고 친절한 존재로 다가갈 수 있다. 근본적으로 미셸은 남편의 행정부 정책에 참견하지 않는다. 클린턴 대통령 시절 힐러리가 그랬던 것처럼 중요 정책토론에 비서를 보내지도 않고 특히 아침 7시 반부터 열리는 백악관 직원회의처럼 아이들이 등교하기 전에 시작되는 행사는 어떤 것이든 참석하지 않으려고 노력한다.

그러나 선거 유세장에 있어본 사람이라면 미셸이 편안함과 여유만 쫓는다고 말하지 못할 것이다. 미셸은 미국이 어떤 문제로 아파하는지 항상 고민하며, 퍼스트레이디의 상징적인 영향력을 어떤 곳에 써야 하는지 잘 알고 있다. 그리고 대통령인 남편 또한 이런 미셸을 너무나 잘 안다.

특히 미셸은 어린 학생들과 만나는 자리에서는 항상 저돌적으로 변한다. 서늘한 냉기가 채 사라지지 않은 2009년 3월의 어느 날 아침, 미셸은 유명한 팝 가수 앨리샤 키스와 쉐릴 크로, 미국 최초의 여성 4성 장관 앤 던우디, 미국 최초의 흑인 여성 우주비행사 매 제미슨 등 다양한 분야에서 활동하고 있는 여성계 리더들을 워싱턴의 각 학교에 급파했다. 미셸 자신도 폭력과 청소년 문제가 끊이지 않는 아나코스티아 고등학교를 방문해 학생들과 대화의 시간을 가졌다.

"여러분 주위에는 분명히 여러분의 커다란 잠재력을 믿는 사람이 있답니다. 그러니 열심히 노력해서 자신이 원하는 것을 이루세요. 여러분은 모두 그럴 만한 힘을 가지고 있습니다."

특히 여학생들에게 자신의 자리를 찾으라는 메시지를 남겼다.

"여러분 자신이 원하는 옷을 입고, 자신에게 의미 있는 일을 찾아야 합니다. 자신에게 감동을 주고 스스로 만족할 수 있는 일을 하세요. 혹시 '너 왜 그런 일을 하니?'라고 말하는 사람도 있을 거예요. 그러나 자신을 굳게 믿는다면 다른 사람의 이야기는 그냥 흘려버려도 됩니다. 그건 그냥 '잡담'에

불과하니까요. 그래야 어려운 상황에서도 자기 자신을 지킬 수 있어요."

후에 다른 인터뷰에서 미셸은 백악관 입성 100일 동안 가장 가슴 뿌듯했던 순간으로 어린 학생들과 여성 리더들의 만남을 꼽았다.

"저는 시카고 대학 옆 동네에서 자랐습니다. 그 학교는 너무 근사했지만, 전 한 번도 들어가 보지 못했어요. 아주 가까이에 다양한 기회가 있는데 그걸 모르고 지내는 사람들이 많지요. 저처럼 학교에서 나온 보조금으로 책 대신 전기세를 내야 하는 학생들도 많습니다. 저는 태생 때문에, 주변 환경 때문에 혹은 단돈 1달러가 없어서 기회를 빼앗기는 학생들을 항상 생각합니다. 그리고 제가 할 수 있는 한 그들에게 잃어버린 기회를 찾아 주고 싶습니다."

이것이 바로 미셸이 원하는 것이다. 멋진 디자이너의 옷이나 화려한 영광이 아닌, 로라 부시나 다른 선배 퍼스트레이디들이 이루지 못한 새로운 변화를 불러일으키고 싶은 것이다.

대중은 케네디 부부 이후 이런 감정을 느껴본 적은 처음이라며 들뜬 기분을 감추지 못하고 있다. 미셸을 두고 '제2

"

Barack and I want our children, and all children
in this nation, to know that the only limit
to the height of your achievements is the reach of
your dreams and your willingness
to work for them.

"

버락과 저는 우리 딸들이, 아니 이 나라의 모든 자녀들이 자신들의 능력의 한계란
오직 하나, 자신의 의지뿐임을 깨닫게 하고 싶습니다. 더 이상 자신의 꿈이
미치지 않는 곳, 그 꿈을 위해 열심히 노력하겠다는 의지가 없는 것이 아니라면
모든 꿈은 이루어진다는 사실을 알려주고 싶습니다.

—— Michelle Obama ——

"

Dream big, think broadly about your life, and please
make giving back to your community a part of that vision.
Take the same hope and optimism, the hard work and tenacity
that brought you to this point, and carry that with you for the
rest of your life in whatever you choose to do.

"

큰 꿈을 가지세요. 폭넓은 삶을 살겠다고 다짐하세요. 그리고 그 비전을 여러분의
지역사회에 돌려주세요. 앞으로 어떤 삶을 선택하든, 여러분을 이 자리에 서게 한 바로 그 희망,
그 노력과 끈기, 긍정적인 마음들을 끝까지 가지고 나아가세요.

의 재클린 케네디', '제2의 다이애나 왕세자비' 라고 칭하기도 한다. 그러나 재클린 케네디와 미셸 오바마를 직접적으로 비교하는 것은 큰 오산이다. 재클린 케네디도 훌륭한 업적을 쌓았고 자신의 커리어를 위해 노력했다. 그러나 우리에게 남아 있는 재키는 의무감으로 똘똘 뭉친 아내의 모습이 대부분이다. 두 눈을 동그랗게 뜨고 다소곳하게 웃는 재키 케네디와 단호한 시선의 미셸 오바마는 같을 수 없다.

미셸 오바마 속에는 포스트 페미니즘의 여성이 들어 있다. 그녀는 자신의 마음이 가리키는 곳을 알고 있으며 느낀 대로 이야기한다. 물론 조심스런 자세를 취하기는 하지만 기본적으로 진실함이 배어 있다. 아무나 쉽게 도전할 만큼 만만한 존재가 아니지만 또한 지극히 여성적이기도 하다.

미셸은 자신의 열정과 능력, 자신의 인생에서 정말 중요한 것을 스스로 깨달은 여성이며 이런 자각을 통해 삶의 중요한 선택을 해왔다. 미셸은 남편과 동등한 파트너이자 독립적인 여성이기를 원한다. 그것은 또한 내 모습이기도 하다. 당신도 그렇지 않은가?

"이 세상에는 미셸과 버락 같은 사람들이 아주 많습니다. 저는 그런 사람들을 알고 있어요. 그들과 같이 학교를 다녔고 그들과 같이 일을 했지요. 모두 저보다 더 훌륭한 롤 모델이 되실 분들이죠. 저는 어쩌다 보니 퍼스트레이디가 된 것뿐입니다. 저는 너무 과도한 희망이나 기대를 갖고 백악관에 들어오지 않았습니다. 앞으로도 항상 발을 땅에 딛고 살아갈 겁니다."

그렇다. 퍼스트레이디의 모습 속에 현대를 살아가는 모든 여성들이 있고 평범한 우리의 모습 속에 미셸이 들어 있다. 그녀는 평범한 우리의 모습에 희망을 준 멋진 롤 모델인 것이다.

새로운 변화의
주인공이 되라

2008년 가을, 미국 대선 구도에 엄청난 지각변동이 일어 났다. 끝이 보일 것 같지 않던 선거전이 일단락되면서 대통 령 후보가 딱 두 명으로 압축되었다. 버락 오바마와 존 매케 인. 그들은 어떤 잣대를 들이대도 극적인 대조를 이루는 인 물들이었다. 두 사람의 아내들 역시 흥미로운 연구대상이었 다. 존 매케인의 아내 신디 매케인은 모든 면에서 뛰어난 능 력을 지닌 여성으로 결코 가볍게 지나칠 수 없는 존재였다. 그러나 오래지 않아 미셸 오바마의 이름이 더 자주 거론되기 시작했다.

버락은 집회장마다 찾아다니며 변화와 희망을 역설했다. 미셸이 함께 하면서 버락의 연설에 차분하고 단호한 분위기 가 더해졌다. 여성차별과 인종문제, 경제적 혼란을 걱정하는 남편 버락의 메시지가 미셸을 통해 구체적인 이미지로 그려진 것이다. 미셸은 시민의 말에 귀를 기울였으며 상대의 입장을 가슴 깊이 이해하려고 노력했다. 팽팽한 긴장감이 감도는 유세장에서도 항상 따뜻하고 기지 넘치는 유머로 청중들에게 웃음을 선사했다.

2008년 8월 콜로라도 덴버에서 전당대회가 열렸다. 기조연설을 맡은 미셸이 나타나기 전 갑자기 장내가 어두워지더니 대형 스크린이 환하게 켜졌다. 미셸의 어머니 마리안의 설명과 함께 짧은 영화가 시작되었다. 미셸과 오빠 크레이그의 삶에 등대가 되어준 아버지 프레이저 로빈슨에 관한 영화였다. 영화가 끝나고 장내에 불이 켜지자 청록색의 심플한 드레스를 입은 미셸이 연단 위로 모습을 드러냈다. 멋진 몸매를 뽐내기라도 하는 듯 자신감으로 충만한 걸음걸이였다.

미셸은 '아메리칸 드림'의 위대한 과업에 대해 연설을 시작했다. 미국의 변화를 한마음 한뜻으로 염원하는 사람들에게 던지는 희망의 메시지였다. 연설 중간에 곳곳에서 박수가 터져 나왔으며 미셸의 연설에 깊이 감화된 청중들은 눈물을 흘리며 손을 흔들기도 했다.

다음은 2008년 8월 25일 민주당 후보 지명을 위한 전당대

> ❝
> And one day, they -our sons and daughters- will
> tell their own children about what we did together
> in this election. They'll tell them how this time, we
> listened to our hopes, instead of our fears. How
> this time, how this time, we decided to stop
> doubting and to start dreaming.
> ❞

우리 아이들이 훗날 자신의 아이들에게 우리가 오늘의 선거전에서
얼마나 단합된 힘을 보여주었는지를 이야기할 것입니다. 지금 이 순간 우리 는
두려움에 절망하지 않고 희망의 소리에 귀 기울였으며, 수많은 의구심을 떨쳐 버리고
미래를 꿈꾸기 시작했다는 사실을 자랑스럽게 알려줄 겁니다.

— Michelle Obama —

회에서 미셸 오바마가 발표한 '하나의 나라One Nation'의 일부분이다. 미셸은 연설을 통해 남편이자 대통령 후보인 버락 오바마가 미국의 근본적인 개혁을 통해 아메리칸 드림을 이룰 것을 확신한다고 강조했다.

"제가 남편을 처음 만났을 때 제일 놀란 사실이 있습니다. 그 사람의 이름이 정말 우스꽝스러웠음에도 불구하고, 그는 제가 살고 있는 곳과 정 반대편 하와이에서 어린 시절을 보냈음에도 불구하고, 우리 두 사람이 너무 많이 닮아 있었다는 사실입니다.

남편은 평범한 노동자 계층인 조부모님의 손에서 자랐습니다. 우리 시어머니, 즉 버락의 어머니는 하루 생활비를 벌기 위해 온갖 고생을 다하셨습니다. 저의 부모님도 하루하루 힘들게 일하는 노동자였죠. 우리 부모님들은 당신들이 미처 갖지 못한 기회를 자식들에게 주기 위해 허리띠를 졸라매셨습니다.

버락과 저는 공통된 가치관 속에서 자랐습니다. 자신이 얻고 싶은 것을 위해 열심히 노력해야 한다고 배웠고, 우리의 말은 우리의 서약서와 같아서 일단 말한 것은 반드시 이

행해야 한다고 배웠습니다.

　우리가 모르는 사람이거나 우리와 생각이 같지 않은 타인이라도 항상 존경하고 그 사람의 존엄성을 존중해야 한다는 가르침 속에서 자랐습니다.

　버락과 저는 이런 가치관을 바탕으로 가정을 꾸렸고 또 다음 세대에도 우리의 가치관을 그대로 물려줄 것입니다. 버락과 저는 우리 딸들이, 아니 이 나라의 모든 자녀들이 자신들의 능력의 한계란 오직 하나, 자신의 의지뿐임을 깨닫게 하고 싶습니다. 더 이상 자신의 꿈이 미치지 않는 곳, 그 꿈을 위해 열심히 노력하겠다는 의지가 없는 것이 아니라면 모든 꿈은 이루어진다는 사실을 알려주고 싶습니다.

　시카고의 빈민가에서 일할 때 남편은 '지금 이대로의 세계'와 '우리가 지향해야 할 세계' 그리고 이 두 세계 사이에 엄연히 존재하는 커다란 차이에 대해 말하곤 했습니다. 지금 이 세계가 우리의 가치관과 열망을 완전히 반영할 수 없다 하더라도 순응하며 살아가야 한다고 말이죠. 하지만 또 이런 말도 했습니다. 우리가 어떤 세계를 원하는지 우리 자신이 너무 잘 알고 있지 않느냐고 말입니다.

　여러분 그렇지 않습니까? 우리는 여전히 정의를 믿습니

> 버락과 저는 공통된 가치관 속에서
> 자랐습니다. 자신이 얻고 싶은 것을 위해 열심
> 히 노력해야 한다고 배웠고,
> 우리의 말은 우리의 서약서와
> 같아서 일단 말한 것은 반드시
> 이행해야 한다고 배웠습니다.
> 우리가 모르는 사람이거나 우리와
> 생각이 같지 않은 타인이라도
> 항상 존경하고 그 사람의 존엄성을
> 존중해야 한다는 가르침 속에서
> 자랐습니다.

다. 모두에게 공평한 기회가 돌아가는 사회를 원하지 않습니까? 버락 오바마는 우리 자신을 믿으라고 외치고 있습니다. 여러분 속에 숨어 있는 힘을 찾으세요. 그래서 우리가 꿈꾸는 세계를 만들어 나갑시다. 그것이 바로 위대한 미국의 모습 아니겠습니까?

지난 19개월을 거쳐 오는 동안 저는, 제가 지금 바라보고 있는 남편 버락 오바마가 19년 전 제가 처음 사랑에 빠졌던 바로 그 사람과 변함이 없다는 사실을 다시 한 번 뼈저리게 느꼈습니다. 10년 전 여름, 남편은 이제 막 태어난 말리아가 행여나 불편해 할까 봐 꽉 막힌 도로 한 중간에서 뒷좌석의 우리를 바라보며 애를 태우던, 책임감이 충만한 아빠였습니다. 그 순간 남편은 앞으로 우리 딸의 모든 미래가 자신의 두 손에 달려 있다는 것을 절감했습니다. 그리고 자신이 결코 가질 수 없었던 것을 우리 딸에게는 아낌없이 주겠다고 결심했습니다. 그것은 바로 아버지의 사랑입니다.

그때 그 갓난아기를 그리고 그 아이의 동생을 침대에 누일 때마다 저는 이 아이들이 자라서 각자의 가족을 가질 미래의 어느 날을 상상해 봅니다. 우리 아이들이 그리고 여러분의 아들, 딸들이 자신의 아이들에게 우리가 오늘의 선거전에서 얼마나 단합된 힘을 보여주었었는지를 이야기하는 모습을 떠올립니다.

지금 이 순간 우리는 두려움에 절망하지 않고 희망의 소리에 귀 기울였으며, 수많은 의구심을 떨쳐버리고 미래를 꿈꾸기 시작했다는 사실을 자랑스럽게 알려줄 겁니다. 시카고 빈민촌의 작은 여자아이가 대학교를 졸업하고 변호사가 된 위대한 이 나라, 하와이의 편모슬하에서 태어난 아이가 온갖 역경을 겪으면서도 굴하지 않고 결국 백악관의 주인으로 우뚝 설 수 있었던 이 멋진 나라에서 우리는 우리가 꿈꾸는 세계를 이루기 위해 열심히 노력했노라고 자랑스럽게 말할 것입니다."

연설이 끝나고 미셸과 두 딸이 연단 위로 걸어 나왔다. 당시 멕시코의 캔자스 시티에서 유세 중이던 버락은 위성 중계로 이 모든 과정을 지켜보고 있었다. 버락의 얼굴이 전당대회장의 대형 스크린에 비춰졌다. 버락은 아주 자연스런 태도로 멀리 떨어져 있는 식구들과 화상 통화를 시작했다.

"오늘 밤 제 아내가 너무 사랑스럽군요. 여러분들 생각에는 미셸 오바마가 어떻습니까?"

그는 당시 현장에 모인 덴버 시민들과 전 세계 청중들을 향해 장난스럽게 외쳤다.

"이제 왜 제가 매번 거절을 당하면서도 우리 아내에게 연설을 해달라고 부탁했는지 아시겠지요? 여러분들에게는 이렇게 끈질긴 대통령이 필요한 겁니다!"

그날 밤 버락 오바마는 진실하고 완벽한 가장으로 깊은 인상을 남겼다. 그리고 미국의 아버지 자리도 이어받을 준비가 되었다는 확신을 대중들 마음속 깊이 심어주었다. 미국 국민들이 고질적인 냉소주의의 경계를 풀고 오바마 가족을 진심으로 받아들이기 시작한 것이다.

오바마 가족은 초고속 지향의 손바닥만 한 최신 기기들이 하루가 멀다 하고 쏟아져 나오고 저급의 문화가 양산되는 이 시대에 휩쓸리지 말고 자기중심을 지키자고 주장했다. 주위를 돌아보고 상대의 말에 귀를 기울여보자고 설득했다.

단상 위에 선 오바마 가족이 웃음 띤 얼굴로 이야기를 주고받을 때마다 청중도 같이 숨을 죽였다. 오바마 가족의 사랑이 넘치는 순간을 함께 경험하고 싶었던 것이다. 오바마 가족에게 보내는 대중의 지지는 선거 초반부터 분명한 의미를 지니고 있었다. 동시대적이며 선구자적 사고를 지닌 오바

❝
There are a lot of people in your lives who know
a little something about the power of hope.
Look, I know a little something about the power
of hope. My husband knows a little something
about the power of hope.
❞

이제 여러분 주위의 많은 분들이 희망의 위력에 대해 조금 알게 되지 않았습니까?
여러분, 저는 희망의 위력에 대해 알고 있다고 자신 있게 말씀 드릴 수 있어요.
제 남편도 희망의 힘에 대해 알고 있습니다.

마 가족이야말로 새로운 미국을 짊어지고 나갈 새로은 사람들이라는 뜻이었다.

앞으로 전진하려는 의지로 충만한 이 파워커플은 동시에 자신들의 뿌리와 근본에 대해 강한 신념을 가지고 있다. 그것은 모든 사람들이 공감하는 보편적인 생각이기도 하다. 오바마 부부는 미국이 전통적으로 열망해 온 가치들, 노동의 중요성, 모든 개개인의 숭고함과 헌신적인 노력을 중요하게 생각한다. 미국 대중은 보통 사람인 자신과 똑같은 신념을 수호하려는 '퍼스트 패밀리'의 모습에 깊이 감동했다.

오바마 부부는 지금보다 훨씬 단순하게 살던 과거의 삶을 소중하게 생각하는 동시에 시대를 초월한 이상을 대변한다. 이제는 우리가 상호 충돌이 아닌 확고부동의 결단을, 단순한 포기가 아닌 지속가능한 참여를 할 때라고 말한다.

전 세계가 경기침체의 여파로 고전을 면치 못하는 가운데서도 미셸과 버락 오바마 부부는 더 나은 미래로 이끌기 위해 최선을 다하겠다고 다짐했다. 서로를 신뢰하고 격려하며 앞으로 나아가는 이 젊고 역동적인 부부의 모습이야말로 그동안 미국인들이 간절히 바라던 진실한 삶의 행복을 은몸으로 보여주고 있다.

자신만의 스타일을 만들어라

미셸 오바마를 수식하는 수많은 언어 중 하나는 패셔너블 혹은 스타일리시이다. 그녀는 가장 패셔너블한 퍼스트레이디로 현대 여성들의 스타일에도 큰 영향을 주고 있다.

대선 초기 그녀의 스타일은 기업 CEO의 모습 그 자체였다. 사실 그녀가 진짜 경영인이었기 때문이었다. 2002년부터 2007년 민주당 대통령 후보 경선기간까지 미셸은 시카고 의료센터를 이끌던 비즈니스 우먼이었다. 그 당시 미셸은 남성정장처럼 짙은 컬러에 어깨가 넓고 각이 진 일명 '파워 수트power suit'를 고수했다.

선거전에 본격적으로 합류하면서 그녀의 뛰어난 패션 감각이 빛을 발하기 시작했다. 갑옷 같은 파워 수트에서 탈피하여 부드러운 실루엣의 옷으로 선회하면서 자유롭고 소탈

한 미셸 본래의 모습이 드러난 것이다. 자선단체를 찾을 때는 따뜻하고 부드러운 이미지로 자신을 스타일링 했고 전 세계의 스포트라이트를 한 몸에 받는 남편 옆에 서 있을 땐 대담하면서도 격식 있는 옷차림으로 남편의 담대함을 더욱 빛나게 했다.

그녀의 옷은 전형적인 아메리칸 스타일이면서도 자신만의 독창성이 엿보인다. 미셸은 자신의 긍정적인 면을 강조하려고 노력하며 비실용적인 것은 되도록 피하려고 한다. 세상의 비평을 무시하지는 않지만, 그래도 자신의 마음에 들고 편안한 옷을 최고 우선으로 꼽는다. 그런 옷이라면 일반 상점의 수십 달러짜리 스커트를 입고도 당당하게 대중들 앞에 나설 수 있는 그녀다.

지난해 대통령 선거 기간 당시 공화당의 부통령 후보였던 세라 페일린 후보가 옷값으로 15만 달러(약 2억 원)를 지출한 반면 미셸은 중저가 브랜드인 제이크루의 340달러(약 40만 원)짜리 정장을 입고 심야 토크쇼에 출연할 만큼 패션에 대해 자유로웠다.

미셸은 단지 마음에 드는 옷을 선택한 것이었지만 덕분에 이후 제이크루의 주가는 30% 이상 급등했다. 최근에는 '탤

보츠'의 169달러(약 21만 원)짜리 드레스를 입은 미셸의 사진이 공개되면서 부도 위기에 있던 탤보츠 매장에 고객들이 줄을 잇고 있다.

지난 6월 그녀는 미국 패션디자이너협회(CFDA)에서 특별 공로상을 받았다. 그녀는 패션 산업계의 '1인 경기 부양책'으로 패션 산업 전반에 긍정적인 영향을 이끌어 냈다는 찬사를 듣고 있다. 협회는 혜성처럼 등장한 이 패션 아이콘에게 진정한 '패션의 시대'를 열어준 데 대한 감사를 표했다. 이 얼마나 대단한 '미셸 효과'인가!

미셸은 자신을 잘 나타낼 수 있는 패션 법칙과 기술을 알고 있다. 패션 피플들에겐 애석한 소식이지만 미셸은 보기보다 패션에 깊은 애착을 갖고 있진 않다. 그러나 스타일링이 창조적인 시도이며 예술적인 표현이란 것, 현명한 현대 여성이라면 패션을 제대로 누릴 줄 알아야 한다는 것을 본능적으로 이해하고 있다. 자신은 부인할지 몰라도 그녀는 뛰어난 패션 감각의 소유자인 것이다.

미셸은 안전한 길을 택했던 선배 퍼스트레이디들과는 대조적으로 아무런 두려움 없이 과감하게 자신을 스타일링 한다. 미셸 오바마의 옷장에는 편하게 입을 수 있는 옷이 많은

'오바마, 미국을 위한 선택' 이라는 모토로 2008년 뉴욕에서 열린 오바마 후원의 밤에 참석한 미셸. 이번에는 올 블랙의 하이스타일을 선택했다.

데 특히 드레스를 즐겨 입는다. 드레스는 장신의 그녀를 더욱 돋보이게 하는 아이템이다. 드레스는 옷 하나로 스타일링을 끝낼 수 있는 편리함 때문에 비즈니스 여성들도 선호한다. 다소 평범해 보이는 드레스도 길이와 네크라인에 변화를 주면 독특한 분위기를 연출할 수 있고, 프린트나 소재, 디테일에 따라 전혀 다른 스타일로 연출이 가능하다. 카디건이나 코트를 겹쳐 입으면 더욱 세련되고 맵시 있는 스타일이 된다. 일자형의 날씬한 펜슬 스커트도 즐겨 입지만, 다른 패셔니스타들처럼 풍성하고 주름이 많은 개더스커트를 선택할 때도 있다. 활짝 핀 장미꽃 봉오리가 프린트 된 복고풍 디자인도 마다하지 않는다. 컬러를 선택할 때도 모험을 주저하지 않는다.

그녀의 사진들을 보면 엠파이어 웨이스트 스타일이 많다. 높은 허리선으로 길고 날씬한 그녀의 체형이 더욱 돋보인다. 카디건도 허리 라인을 잘록하게 강조하고 다리를 더욱 길어 보이게 하며 혹시 거대하게 보일 수 있는 상체를 날씬하게 보이게 하는 스마트한 아이템이다. 드레스건 카디건이건 코트건 스타일의 마무리는 언제나 벨트다. 덕분에 그녀의 벨트는 전 세계인의 시선을 받게 되었다.

그녀의 주얼리는 어떨까? 주얼리는 그녀 자체이다. 재클린 케네디와 부시 가家 여성들과 마찬가지로 미셸도 진주를 즐겨 착용한다. 덕분에 진주목걸이가 요즘 새로운 유행 아이템으로 각광받기 시작했다. 미셸은 크고 화려한 스테이트먼트 주얼리statement jewelry를 착용하면 순식간에 룩이 변한다는 것도 알고 있다. 이제 빅 사이즈의 대담한 진주목걸이는 미셸 룩을 완성하는 핵심 액세서리가 되었다.

스타일링에 관해 미셸은 여러 사람의 도움을 받는다. 옷을 어떻게 입어야 하는지 묻는 것도 중요하지만 그런 질문을 '누구'에게 하느냐도 중요하기 때문이다. 선거유세 기간 동안에는 시카고에 개인 부티크를 가지고 있는 마흔 한 살의 여성 디자이너 이크람 골드만Ikram Goldman이 미셸의 스타일링을 전담했고 지금까지 도와주고 있다.

대통령 취임식 때 미셸의 아웃핏은 미셸이 스스로 아이디어를 내어 이사벨 톨레도Isabel Toledo가 그것을 디자인으로 승화시킨 것이라고 한다. 2009년 4월 오바마 내외의 첫 해외순방 때도 미셸이 직접 여러 벌의 옷을 준비했고 이크람 골드만이 코디네이션을 담당했다. 덕분에 미셸은 해외순방 내내 자신의 스타일리시함을 마음껏 발산했고, 이제 전 세계가 매일 다르게 변화하는 그녀의 모습에 관심을 갖게 되었다.

미셸은 대부분의 경우 옷을 멋들어지게 소화한다. 하지만 패션 피플들의 눈에는 아주 가끔씩 그녀의 실수가 포착되기도 한다. 하지만 그녀는 개의치 않는다.

"제가 그런 비평에 무관심하다는 뜻은 아니에요. 하지만 저는 실용적인 옷을 좋아합니다. 누군가는 항상 제 옷이 마음에 들지 않는다고 말할 거예요. 그건 모두 취향의 문제 아닐까요?"

미셸은 제이슨 우Jason Wu나 이사벨 톨레도, 피터 소레논 Peter Sorenon처럼 젊고 아직은 잘 알려지지 않은 디자이너들의 옹호자이다. 이렇게 대중에게 덜 알려진 디자이너들을 소개한 핵심인물이 바로 이크람 골드만이었다. 미셸이 무명디자이너들의 옷을 입고 나타나자 사람들은 환호를 보냈다. 그러나 오스카 드 라 렌타Oscar de la Renta 같은 디자이너는 어느 패션 잡지와의 인터뷰에서 미셸의 옷이 너무 지루했다면서 좀 더 경험 많은 대가의 옷들을 선택하는 것이 좋겠다고 강하게 비평했다(물론 나중에 자신의 발언을 철회했다. 역대 퍼스트레이디들의 드레스를 디자인한 전력이 있는 디자이너로서 화가 나서 그런 발언을 했던 것 같다).

패션계의 모든 이들은 현대의 패션에 대해 미셸 오바마에게 감사해야 한다는 것에
대해 동의할 것입니다. 그녀의 당당하고 창조적인 스타일은 모든 여성들의 룩을
변화시켰습니다. 이것이 바로 미셸 효과이죠.

— Michelle Obama —

"
It's wonderful to see a woman can be smart and
like fashion. She's doing what really works best
for her on her body – I've never before seen
anyone who can accentuate the positive
the way she does.
"

현명하고 뛰어난 패션 감각을 지닌 여성을 보는 것만으로도 너무 행복합니다.
그녀는 자신을 위한 최고의 스타일을 완성해 나가죠. 그녀는 이제껏 제가 만난
이들 중 가장 완벽한 스타일을 구사하는 여성입니다.

미셸은 마이클 코어스Michael Kors나 나르시소 로드리게즈 Narciso Rodriguez처럼 기성복 디자이너들에게서도 예술적인 감각을 끌어낸다. 제이크루 같은 중저가 기성복 매장에서도 자신에게 맞는 스타일을 고르는 안목이 있으며 스타일리시한 H&M의 신제품을 반값에 살 정도로 패션 정보에도 밝다.

백악관 입성 후 제일 처음 발표된 공식 초상화 사진에도 미셸은 미국 디자이너 마이클 코어스가 디자인한 심플한 슬리브리스 블랙 드레스를 입었다. 심플한 블랙 드레스는 때와 장소에 상관없이 입을 수 있다는 패션공식을 몸소 실천한 것이다.

처음에는 슬리브리스 차림으로 팔뚝을 훤히 내보인 그녀의 룩에 대해 많은 비평이 있었다. 하지만 누구나 자신의 팔을 떳떳하게 내보일 권리가 있지 않은가! 재키 케네디와 낸시 레이건도 남편의 취임기념 파터에서 슬리브리스를 입었는데, 유독 미셸의 슬리브리스 드레스를 두고 이렇게 말이 많은 것은 그만큼 그녀의 이미지가 대중에게 강하게 어필했다는 반증일 것이다.

슬리브리스 드레스를 통해 드러난 미셸의 팔이야말로 그녀의 이미지를 완성하는 효과만점의 피니싱 터치였다. 적당한 근육이 붙은 매끈한 팔을 보고 있으면 현대 여성의 자신감이 느껴진다. 열심히 노력한다면 자신이 원하는 것을 모두 이룰 수 있다고, 그러니 좀 더 대담해지라고 말하는 것 같다.

공식 행사가 없을 때는 심플한 평상복을 입고 아침을 시작한다. 강아지 '보'와 짧은 산책을 하고 아이들을 학교에 데려다 주느라 여느 엄마들처럼 바쁜 아침을 보내야 한다. 가족 별장인 캠프 데이비드를 오고 갈 때는 카키 팬츠와 티셔츠 그리고 그녀가 애호하는 카디건과 후드가 달린 방한용 재킷을 입고 심플하고 편한 플랫 슈즈를 신는다.

일상성을 잃지 않겠다는 그녀의 생각은 두 딸의 옷에서도 그대로 나타난다. 말리아와 샤샤는 청바지에 스니커즈를 즐겨 신는다. 물론 또래 여자아이들처럼 반짝반짝 빛나는 퀼트 부츠나 퍼프소매의 풍성한 코트를 입고 싶어 안달하기도 한다. 엄마 미셸은 대통령 취임식 날에도 아이들만은 편안하고 제 나이 또래로 보일 수 있도록 평범한 스타일을 선택했다. 미셸의 딸들은 제이크루의 코트와 스카프를 매고도 귀여움을 한껏 뽐냈다.

미셸 오바마가 우리 시대의 패션 아이콘으로 모든 여성들의 존경과 선망의 대상이 된 것은 이런 모든 이유들이 복합된 결과이다. 특히 중년 여성들에게 자신과 같은 패션을 즐길 수 있다는 가능성을 제시했다. 미셸은 지극히 모던한 분위기 속에 누구나 시도할 수 있는 편안함을 발산한다. 진취적인 분위기도 내포하고 있다. 미셸은 진지하며 섹시하고 여유로우며 친근하다. 내숭이라곤 없을 것 같은 완전한 솔직함에서 아름다움이 느껴진다. 전문가들의 도움을 받아 격식 있게 차려입은 날에도 바로 옆집에 사는 아줌마 같은 친근함이 묻어 나오는 것이다.

생각하는 여성이 패션 뮤즈 자리에 오른 것은 미셸이 처음이다. 물론 미셸 오바마가 패션계에 어떤 족적을 남기게 될지는 앞으로 더 두고 봐야 한다. 그러나 한 가지는 분명하다. 바로 지금 이 순간만큼은, 누구나 미셸 오바마의 패션을 진지하게 받아들인다는 것이다. 그녀는 여성의 스타일에 대한 우리의 인식을 한 차원 높여 주었다.

"
여러분은 진실로 축복받은
사람들이에요.
그렇다면 이제 여러분들도 뭔가
되돌려주어야 하지 않을까요?
누군가에게 다가가 일으켜
세워 주세요. 몸을 숙여
여러분의 어깨를 내어 주세요.
그럼 아이들은 여러분의
어깨를 디디고 일어나
더 높고 더 밝은 미래를
바라볼 수 있게 될 거예요.
"

변화의 시작은 가능성에의 믿음에서 시작한다

대통령 취임식 날, 워싱턴 링컨 기념센터에 수백 만 명의 인파가 몰려들었다. 그들은 온몸이 꽁꽁 얼어붙을 정드로 매서운 날씨에도 아랑곳하지 않고 제자리를 지키며 취임식 행사 전체를 지켜보았다. 인터넷을 통해 실시간 동영상을 시청한 전 세계 시청자도 수백 만 명이 넘었다. CNN, FoxNews, MSNBC 사이트는 취임식 당일 인터넷 실시간 동영상 중계 이용자 수에서 신기록을 달성했다.

세계 역사상 그 어떤 사건보다 더 많은 눈동자들이 버락 오바마가 미국의 제44대 대통령이 되는 순간을 주시했던 것이다. 그가 대통령 취임 선서를 하는 순간 역사적 무게감이 최고조에 달했다. 취임식의 의미가 대중들의 가슴에 깊이 새겨지는 순간이었다.

싸늘하면서도 청명한 1월의 햇살이 내리쬐던 날, 전 세계인이 주목을 받은 또 한 사람이 있었으니, 바로 미셸 오바마였다. 레몬그라스lemongrass컬러의 쓰리피스 정장을 입은 그녀는 자신의 옷을 통해 새 정부가 지향하는 희망과 변화를 표현하고 있었다.

취임식 당일과 취임 축하 만찬에서 미셸이 입을 옷에 대해 여러 가지 추측이 난무했다. 사람들은 미셸이 선배 퍼스트레이디의 옷을 담당했던 유명 디자이너의 옷을 고를 것인지 아니면 무명의 신생 디자이너에게 기회를 줄 것인지를 놓고 술렁였다. 수트일까, 드레스일까? 아니면 앙상블을 입을까? 사람들은 대부분 그녀가 레드 컬러의 이브닝드레스를 선택할 것이라 생각했다. 레드는 미국인의 애국심을 고취시키기 위해 취임식에서 퍼스트레이디들이 즐겨 선택했던 전통적인 컬러였으니 말이다. 화려하고 대담한 컬러를 즐기는 미셸에게도 어울리는 컬러였다. 그러나 최종적으로 그녀가 어떤 스타일을 선택할지, 특히 어떤 디자이너의 옷을 고르게 될지는 그 누구도 알 수 없는 일이었다.

이사벨 톨레도는 올해 48세의 쿠바 태생 디자이너로 현재 뉴욕에서 활동하고 있다. 미셸은 고향 시카고에 있는 톨레도

— Michelle Obama —

의 숍에서 20년 이상 옷을 구입해 왔다. 두 사람은 취임식 몇 달 전 후원금 모금 행사에서 처음 만나게 되었고, 이제 곧 퍼스트레이디가 될 미셸은 취임식 날 입을 의상에 대해 이사벨 톨레도에게 조언을 구했다. 똑똑하고 성실한 디자이너인 이사벨 톨레도는 나중에 어느 인터뷰에서 그 날 미셸의 따뜻하고 열린 마음에 깊은 감명을 받았고 그것을 디자인으로 표현하려고 노력했다고 밝혔다.

퍼스트레이디가 취임식 날 입을 옷을 만든다는 것은 힘든 일이다. 스타일을 고려하고 패브릭과 색상을 정해야 한다. 전체적인 느낌에 따라 디테일도 달라질 것이다. 그녀는 취임식 날 미셸의 이미지로 편안함과 여유, 따뜻함을 선택했다. 미셸은 자신의 기존 이미지에 전통적인 취임식 의상 디자인을 결합했으면 좋겠다고 말했다. 디테일에 변화를 주어 액센트를 살리면 모던한 이미지의 취임식 의상이 될 것 같다는 것이었다. 톨레도는 패션 전문가가 아닌 미셸이 자신의 의상에 대해 구체적인 의견을 제시하는 것을 보고 깜짝 놀랐다고 했다. 미셸의 말에서 영감을 얻은 톨레도는 즉시 아이디어 스케치에 들어갔다. 그녀는 고객의 특징을 현대적인 감각으로 표현하는 유능한 디자이너였다.

톨레도는 질감이 재미있는 패브릭을 선택하고 진한 컬러나 뚜렷한 실루엣을 강조한다면 미셸이 원하는 전혀 새로운 드레스가 탄생하겠다고 확신했다. 재단과 스타일링, 마감 디테일을 이용해 미셸 오바마만의 스테이트먼트 코트(자신의 개성을 그대로 나타낼 수 있는 코트)를 창조하기 위해 노력했다.

디자이너에게 미셸 오바마는 꿈의 고객이다. 톨레도에게도 마찬가지였다. 미셸은 자신의 인생의 최정점에 도달했으며, 한 가족이 누릴 수 있는 최고의 영예를 만끽할 준비를 하고 있는 최고의 고객이었다. 그 고객은 톨레도 자신이 만든 옷을 입고 미국 역사상 가장 획기적인 전환점이 될 현장을 생생히 증명할 것이었다.

그날을 위해 톨레도는 레몬그라스 컬러를 선택했고, 스타일은 쓰리피스 정장으로 정했다. 울 레이스 장식의 시스드레스로 목둘레에 화려한 장식을 곁들였다. 드레스와 잘 매치되게 카디건을 만들었고, 제일 겉에 입는 코트는 적당하게 피트 되는 가슴 부분을 연두색 끈으로 묶을 수 있게 마무리했다. 취임식 당일은 맹추위가 예상되었기 때문에 고심 끝에 실크로 안감을 덧대어 추위에 대비하기로 결정했다. 피니싱 터치도 중요했다. 미셸은 짙은 그린 컬러의 지기추의 키튼

"

Hold on to the possibility and push beyond the
fear. Hold on to the hope that brought you here
today, the hope of laborers and immigrants,
settlers and slaves, whose blood and sweat built
this community and made it possible for you
to sit in these seats.

"

가능성을 믿고 두려움을 넘어서세요. 여러분을 오늘 이 자리까지 끌어준 희망의 끈을
놓지 마세요. 그것은 노동자와 이민자들의 희망이며 미국 최초의 정착민들과
노예들의 희망입니다. 그들의 피와 땀으로 이 나라가 세워졌으며
바로 지금 여러분이 이 자리에 있을 수 있는 것입니다.

힐 펌프스kitten heel pumps를 신고 제이크루의 로덴loder 장갑을 꼈다.

드디어 취임식. 차가운 1월의 햇살을 받은 미셸의 드레스가 빛을 발하기 시작했다. 피트감이 좋고 화려한 드레스 정장은 그녀의 길고 늘씬한 몸매를 한껏 돋보이게 해주었다. 가장 심오한 아름다움은 단연코 컬러였다. 노란색이라고도 녹색이라고도 정의할 수 없는 레몬그라스는 풍부한 색감을 자랑하는 진하고 대범한 컬러다. 취임식의 엄숙한 분위기와 미셸의 담대함 그리고 추운 날씨를 이길 수 있는 따뜻함이 완벽하게 조화를 이룬 의상이었다. 미셸의 드레스는 겨울의 냉기를 담은 아침 햇살 아래에서 은은하게 빛나다가 일순간 돌변하여 온 국민의 열망을 발산하듯 강렬하게 반짝였다.

세기의 취임식을 더욱 빛나게 한 미셸의 패션은 한마디로 만루 홈런 감이었다. 이제 사람들의 궁금증은 저녁 만찬으로 옮겨갔다. 과연 미셸은 취임식 축하 행사에 어떤 옷을 입고 나타날 것인가?

취임식 당일 저녁에는 10개의 서로 다른 축하행사가 계획되어 있었다. 제일 첫 번째 파티에 미셸이 모습을 드러냈다. 버락이 고개를 돌리며 큰 소리로 외쳤다.

"오늘 밤은 아내가 더욱 아름답군요!"

청중석이 술렁거리더니 우레와 같은 박수가 터져 나왔다. 미합중국의 새 대통령이 된 남자는 눈부시게 빛나는 아내의 아름다움을 감상하고 싶은 듯 은은한 눈빛으로 아내를 바라보았다. 버락이 미셸의 허리를 부드럽게 감싸고 춤을 추기 시작했다. 두 사람은 미소 지으며 서로에 대한 사랑을 주고받는 듯했다. 그것은 모든 여성들이 꿈꾸는 순간이었다. 그 자리에 함께 한 국민들은 대통령 부부의 깊은 사랑을 느끼며 감격의 눈물을 흘렸다. 미셸이 대단한 아름다움을 지닌 여성이라는 데 의심의 여지가 없었다.

그날의 드레스를 위해 미셸은 수많은 디자이너의 옷을 살펴보았다고 한다. 21개월 동안 계속된 선거전에서 입었던 모든 옷의 대미를 장식할 중요한 옷이었기 때문이다. 패션 관계자들은 랄프 로렌Ralph Lauren 같은 미국 출신의 유명 디자이너나 역대 퍼스트레이디들의 드레스를 다수 제작한 오스카 드 라 렌타Oscar De La Renta 같은 디자이너를 추천했다. 그러나 미셸은 대중적인 명성은 높지 않지만 패션 피플 사이에서 높은 인지도를 받고 있던 스물여섯 살의 대만 출신 젊은 디자이너 제이슨 우를 선택했다.

그날 퍼스트레이디의 드레스가 제이슨 우의 것이라는 사실을 아는 사람은 별로 없었다. 그리고 퍼스트레이디가 그의 드레스를 택할 것이라고 생각한 사람도 없었다. 취임식이 끝나자 제이슨 우를 향해 인터뷰 요청이 쇄도했다. 그는 단지 특별한 행사에 입을 드레스를 만들어 달라는 주문만 받았으며 미셸 오바마를 직접 만나본 적도 없다고 밝혔다. 제이슨 우도 전 세계가 지켜보는 무대 위로 퍼스트레이디가 나타난 다음에야 비로소 자신의 드레스를 발견한 것이다. 뉴욕의 자신의 아파트에서 친구들 몇 명과 함께 텔레비전으로 생중계를 보다가 환호성을 질렀다고 한다.

반짝거리는 뽀얀 드레스를 입은 미셸은 동화 속 주인공 같았다. 지금까지 보류해놓았던 국민들의 희망을 새롭게 일깨워 줄 히로인이었다. 드레스는 얇고 가볍고 깨끗했다. 노골적으로 섹시미를 강조하지 않으면서도 성숙한 여성의 관능미가 느껴졌다. 오랫동안 크리미 화이트는 순결함의 상징이었으며 웨딩드레스에서나 볼 수 있는 컬러였다. 그러나 그 순간만큼은 아니었다. 은은하게 빛나는 드레스를 입은 미셸은 우아함 그 자체였다. 엘레강스한 아름다움을 풍기는 흑인 퍼스트레이디의 옷맵시에 대중들도 놀라지 않을 수 없었다.

사실 실크 시폰이 여러 겹으로 겹쳐진 그 드레스는 미셸 오바마의 몸에 완벽하게 피트되지는 않았다. 그러나 엠파이어 웨이스트에 한쪽 어깨 끈만 달린 그리스식 드레스에는 왕족의 기품이 서려 있었다. 화려하고 무거운 액세서리는 일체 배제된 채 얇고 투명한 평직의 실크인 오간자organza와 스와로브스키의 크리스털 라인스톤rhinestone 그리고 은실 자수로만 장식된 그 드레스는 특유의 차분함이 느껴졌다. 특히 풍성한 레이어링으로 부피감이 좋았고 미세한 동작에도 가볍게 하늘거렸다.

패션 전문가들은 미셸의 체격과 맵시를 고려했을 때 그 드레스의 피트감과 스타일, 소재가 과연 최선의 선택이었는지를 놓고 서로 다른 의견을 내놓았다. 그러나 그건 중요하지 않았다. 분명 그녀는 그날의 주인공답게 돋보였으며, 미국 최초의 흑인 퍼스트레이디가 매우 세련되고 성숙한 여성이라는 이미지를 전달하는 데 성공했다. 또한 자신의 최고의 날을 위해 가능성 있는 디자이너들에게 의상을 의뢰한 여유는 그녀의 자신감을 표현하는 데 모자람이 없었고, 언제나처럼 모든 가능성을 돌아보겠다는 그녀의 메시지를 전달했으니 말이다.

"

And in the end after all that's happened
these past 19 months, the Barack Obama I know
today is the same man I fell in love with 19 years ago.

"

지난 19개월이 지나간 지금, 제가 알고 있는 지금의 오바마는
19년 전 제가 사랑에 빠졌던 그 모습 그대로입니다.

— Michelle Obama —

팔목 가득 반짝이는 뱅글을 겹겹이
찬 미셸 덕분에 드레스의 은사로
된 자수가 더욱 밝게 빛난다.

이날 미셸은 커다란
칵테일 반지 하나만 꼈다.

치렁치렁한 귀걸이를 잘 하지 않는 미셸이지만
이날은 특별히 취임식을 축하하기 위한 귀걸이를
골랐다. 귀밑으로 멋지게 떨어지는 다이아몬드
귀걸이가 스타일의 화려함을 더해준다.

모든 것의 근간이 되는
일상을 위해 노력하라

3대가 모인 가족, 두 명의 사랑스런 딸들 그리고 귀여운 포르투갈 워터 독까지. 지금 이 순간 오바마 가족만큼 전 세계의 희망과 기대를 한 몸에 받는 가족이 또 있을까. 그들이 입는 옷은 날개 돋친 듯 팔려나가고 유럽부터 호주까지 포르투갈 워터 독을 사려는 사람들로 전 세계 애완견 시장이 때 아닌 특수를 누리고 있다. 남편 버락이 다녀간 핫도그 가게는 손님들로 문전성시를 이루며 미셸은 미국의 유명 잡지 《맥심Maxim》에 세계에서 가장 섹시한 여성으로 이름을 올린 첫 번째 퍼스트레이디가 되었다.

이제 이런 의문이 떠오른다. 미셸은 이런 갑작스런 세간의 관심에 대해 어떻게 대처할까?

"백악관에서 자라는 우리 아이들을 롤 모델로 생각하며

부러워하는 아이들이 많을 줄 압니다. 하지만 우리 가족은 '일상성'을 지키기 위해 노력하고 있어요. 세상의 관심이 쏟아질 때 아이들의 프라이버시를 지켜주는 게 부모의 역할이라고 생각합니다."

미셸에게 가정생활은 모든 것의 근간이 되는 중심축이다. '일상성'을 지키고 싶어 하는 미셸의 마음은 민주당 경선 훨씬 이전부터 시작된 것이었다. 남편 버락은 큰딸 말리아가 태어난 직후부터 주 의회로, 국회의사당으로 다니느라 가족과 떨어져 있는 시간이 많았다. 그러나 미셸은 남편을 따라 워싱턴으로 가는 대신 친구와 친척들이 있는 시카고에 머무는 쪽을 택했다. 그러면서도 도우미를 쓰지 않고 부부가 집안일을 분담하여 스스로 해결했다. 미셸은 남편 버락이 양말을 아무데나 벗어놓아도 쓰레기 자루는 잊지 않고 내다 놓는다며 농담을 하기도 했다.

주중에 멀리 떨어져 있어야 하는 아버지와 가족을 이어준 것은 가족행사였다. 대통령 출마 직전까지 토요일은 항상 오바마 가족에게는 노는 날이었다. 온 가족이 함께 롤러스케이트를 타거나 춤을 배우기도 하고 피자와 콜라를 먹으며 일주일간 있었던 일을 떠들기도 했다. 아버지 버락은 바쁜 와중에도 큰딸 말리아에게 『해리 포터』 시리즈를 큰 소리로 읽어 주었고 교사-학부모 모임에도 빠지지 않고 참석했다. 여름에는 캠프에 참가하거나 짧은 가족 여행으로 바쁘게 보냈으며, 이렇게 온 가족이 함께 하는 시간을 통해 아이들은 가족이 함께 하는 시간의 중요성을 배웠다.

버락이 대통령 출마선언을 한 후에도 미셸은 여전히 밖에서는 지역민들을 돕고 집에서는 두 딸의 엄마로 돌아가는 평범한 생활을 유지하고 싶어 했다. 두 딸도 아버지의 대선출마에 아무런 관심이 없었다. 그러나 선거전이 뜨겁게 달아오르자 미셸이 나서지 않을 수 없게 되었다. 바쁜 와중에서도 가정생활의 중심을 지키기 위해 미셸은 버락과 상의하여 일주일에 이틀만 선거 행사에 참여하기로 했다. 야간집회에는 딸들이 동행하는 조건으로 일주일에 하루만 참여했다. 그녀의 이런 안정된 모습과 가족에게 최선을 다하는 진실한 태도가 유권자들에게 크게 어필했고, 에너지가 넘치는 남편과 완벽한 균형을 이루었다.

본격적인 대통령 선거가 시작되자 더욱 바빠졌고, 오바마 부부는 함께 있어주지 못하는 아이들을 위해 할머니 마리안 여사를 시카고 집으로 모셔오기로 했다. 마리안 여사는 제3

"
그리고 저는 이곳에 한 명의 딸로
섰습니다. 도시의 육체노동자이셨던
아버지와 어머니의 보호로 남시카고에서 자라난
딸로 말입니다. 저희 어머니의
사랑은 우리 가족을 지탱하는
힘이었습니다. 그녀의 성실함, 자애심
그리고 우리에게 물려주신 지성은
우리 가족의 가장 큰
즐거움이었습니다.
"

의 부모로서 등하교와 숙제, 피아노레슨 검사 등 아이들에 관한 모든 일을 전담했다. 마리안 여사는 사위가 대통령으로 당선된 뒤에 원래의 자신의 삶으로 돌아가고 싶어 했지만 오바마 가족에게는 그 전보다 더 할머니가 필요했다. 마리안 여사는 현재 백악관 관저에서 함께 생활하며 미셸과 버락이 백악관을 비웠을 때 제3의 부모로서 역할을 계속하고 있다.

대통령 취임식이 끝난 직후, 오바마 가족은 백악관에서 조졸한 '집들이 행사'를 열고 지난 몇 년간 서로의 버팀목이 되어준 오랜 친구들과 친척 50여 명을 초대했다. 그리고 미셸은 이렇게 말했다.

"자신을 잘 아는 사람들과 함께 있는 것만큼 내 중심을 지키는 데 좋은 방법은 없는 것 같아요. 특히 일 때문에 남편이 떨어져 있던 시기에 친구들과 친척들이 정말 큰 도움이 되었어요."

백악관에 입성한 후 미셸도 남편 못지않게 분주한 하루를 보내고 있다. 그러나 미셸의 하루 일과표에 항상 빠지지 않는 시간이 있다. 바로 '놀이' 시간이다. 오바마 가족은 아이들을 위해 백악관 뒤뜰에 작은 놀이터를 마련했다. 아이들은 쌀쌀한 날씨에도 밖으로 뛰어나가 나무그네와 미끄럼틀을

탄다.

"요즘 저의 하루 일정표는 거의 빡빡하게 짜여 있어요. 그러나 아이들이 학교에서 공연을 하거나 야구 경기에 나갈 땐 빠지지 않고 참석해요."

미국의 '퍼스트 커플'은 두 딸의 학교생활에도 적극적으로 참여하며 선생님들은 물론 다른 학부모들과도 자주 연락을 주고받는다.

"생활환경이 바뀌었지만 우리 아이들은 비교적 잘 적응하고 있는 것 같아요. 우리 부부가 균형을 잡기 위해 열심히 노력하고 있으니까요."

미셸과 버락은 행복한 동반자적 관계로 서로에게 헌신한다. 두 사람은 각자의 독립성을 인정하며 결코 평범하지 않은 인생 여정을 걷고 있는 상대방을 깊이 이해하고 있다. 미셸은 남편을 사랑하지만 경외에 찬 눈으로 바라보지 않는다. 1996년 잡지 《뉴요커the New Yorker》와의 인터뷰에서 버락은 이렇게 말했다.

"저는 아내와 함께 해서 너무 행복합니다. 아내는 저의 가장 친한 친구이자 우리 가족의 중심점입니다. 미셸은 저를 가장 잘 아는 사람입니다. 그래서 전 아내 앞에서는 항상 진실한 모습이 됩니다. 저는 미셸을 완전히 신뢰합니다. 하지만 어떨 땐 미셸은 참 신비롭게 여겨집니다. 그것이 우리 관계를 더욱 강하게 해 주는 게 아닐까요? 완전한 친밀함과 낯선 신비로움 사이의 긴장이 우리를 더 단단하게 이어주는 끈이 됩니다. 서로를 완전히 믿고 의지하나 어떨 땐 전혀 뜻밖의 놀라움을 만나게 되고 상대방에 대해 더욱 호기심이 생기니 말입니다.”

미셸과 버락 부부는 힘든 유세전 속에서도 행복한 부부생활을 영위하기 위해 노력했다. 언제나 그랬지만 사소한 의견 충돌이 생길 때마다 끊임없이 대화하며 상대방의 입장을 이해하려고 노력했다. 특히 두 사람이 항상 웃을 수 있었던 가장 큰 비결이 있었는데, 바로 ‘야간 데이트’였다. 버락은 끝없이 이어지는 선거 유세 동안에도 아내 미셸과 거의 매일 저녁 외출했다(경호원들에 의하면 두 사람은 아무 말 없이 사라지는 경우도 많았다고 한다). 내심 짜증을 부리는 선거 참모들도 있었지만 그렇다고 뜻을 굽힐 오바마 부부가 아니었다. 미셸과 버락은 선거 유세 지역을 방문할 때마다 항상 그곳의 평범한 식당에서 저녁을 먹고 가끔은 영화까지 관람하며 두 사람만의 데이트를 즐겼다. 카메라 렌즈가 항상 그들을 따라 다녔

Barack and I set out to build lives guided by these values,
and to pass them on to the next generation.

지만 두 사람은 개의치 않고 '일상적인' 저녁 데이트를 즐기며 함께 시간을 보냈다.

2009년 초 백악관에 입성 후 지금까지 오바마 가족은 새로운 환경에 재빨리 적응하며 일상적인 생활리듬을 회복했다. 미셸은 몇 년 만에 처음으로 온 가족이 한 지붕아래에서 저녁식사를 할 수 있게 된, 뜻하지 않은 행운에 더욱 감사했다.

"남편의 '집무실'에서 온 가족이 함께 살아야 한다는 생각을 하면 아이들에게 죄책감이 들기도 합니다. 하지만 덕분에 정말 급한 경우에는 문만 열면 아빠를 만날 수 있으니 한편으론 감사한 일이죠."

대통령 아빠는 특별한 행사가 없다면 항상 가족과 함께 모여 저녁식사를 하고 딸아이들의 잠자리까지 돌봐준다. 아침형 인간인 아내 미셸을 위해 밤 10시 이후에는 강아지 보까지 도맡는다. 미셸은 백악관의 책장에 『이디스 와튼』과 『도스토예프스키』뿐 아니라 『해리 포터』와 《세븐틴》 잡지를 함께 꽂아 두었다. 백악관 복도에서는 모차르트와 조나스 브라더스의 음악이 번갈아가며 흐른다. 미셸은 백악관 뒤뜰에 작은 텃밭도 일구고, 그곳에서 시금치, 아르굴라 등 백악관 요리사들이 추천한 채소들을 유기농으로 기르며 전 국민에게 건강한 먹거리에 대한 새로운 인식을 심어주고 있다.

백악관이라는 미국 최고의 집에서 이상적인 가정생활을 꾸려나갈 기회를 얻은 미셸이 백악관에 들어 와서 가장 먼저 하고 싶었던 일은 무엇일까? 그것은 백악관 안팎에서 일하는 모든 사람들에게 편안함을 선사하는 일이다. 미국 최초의 흑인 퍼스트레이디는 평범한 삶의 모습이 깃든 백악관, 아이뿐 아니라 어른들이 모두 함께 웃을 수 있는 백악관을 만들고 싶어 한다. 백악관에 살지만 일상생활까지 딱딱한 형식에 얽매이고 싶지 않아 공식 행사는 일주일에 며칠로 국한했다.

백악관 관저로 올라온 남편이 그날 있었던 일에 대해 말하려 하면 미셸은 항상 화제를 딴 데로 돌린다.

"버락은 하루 종일 고민하지 않는 시간이 없어요. 항상 고민하며 골똘히 생각에 잠기지요. 그 모습을 보는 것조차 고통스러울 때가 많아요. 그래서 집이라도 그런 것에서 해방된 공간이었으면 해요."

어린 십대를 키우는 여느 가정처럼 백악관 관저도 늘 부산스럽고 요란한 소동이 일어난다. 길을 잃고 헤매는 강아지 보를 단속하느라 퍼스트레이디가 백악관 정원을 뛰어다니는 일도 심심치 않게 발생한다. 미셸은 백악관에서 아이를

“
You will definitely have your share of setbacks.
Count on it. Your best laid plans will be consumed
by obstacles. Your excellent ideas will be peppered
with flaws. You will make compromises that will
test your convictions.
”

여러분은 좌절의 순간도 경험하게 될 것입니다. 여러분이 심사숙고하여 마련한 계획이
수많은 장애물에 부딪칠 것이고, 최고라고 생각했던 아이디어가 결점투성이라는 것도
깨닫게 될 겁니다. 하지만 그것은 여러분의 신념에 커다란 도전이 될 겁니다.

— Michelle Obama —

키웠던 선배 퍼스트레이디들, 힐러리 클린턴(남편이 취임할 때 첼시는 열두 살이었다)과 로라 부시(쌍둥이 딸 제냐와 바바라는 스무 살 때부터 백악관에서 생활했다)를 찾아가 자문을 구하기도 했다. 힐러리와 로라는 한밤중에 아이스크림을 달라고 졸라대는 아이 달래기부터 과도하게 쏟아지는 플래시 세례까지 모든 면에서 솔직하고 진심어린 충고를 전했다는 후문이다. 두 선배 퍼스트레이디들은 백악관에서의 삶이 풍요롭고 온갖 특권으로 가득하지만 어려운 일도 많을 것이라며 걱정 어린 듯 부도 잊지 않았다. 미셸은 이런 선배들의 충고를 가슴 깊이 새겼을 것이다.

그동안 백악관에서 아이들의 웃음소리가 들리는 날을 학수고대했던 백악관 직원들은 이제 백악관 정원에서 날마다 망아지 타기 행사와 아이스크림 파티가 열릴 것을 상상하며 기쁨에 젖어 있다. 말리아와 샤샤는 앞으로 몇 년 동안 백악관 구석구석 미로처럼 뻗은 수많은 복도와 방들을 탐훈하며 지내게 될 것이다. 미셸은 백악관 직원들에게 말리아와 샤샤가 버릇없는 아이로 자라지 않게 도와달라고 일치감치 부탁했다. 딸들에게도 백악관에서 지켜야 할 규칙을 엄격하게 일러두었다.

---- Michelle Obama ----

말리아와 샤샤는 알람시계를 맞추어 스스로 일어나야 한
다. 자기 방과 침대도 여전히 스스로 정리해야 하고 식사가
끝나면 설거지도 해야 한다. 강아지까지 생겼으니 변을 치우
고 목욕시키는 것도 모두 딸들의 몫이다. 흥청망청 놀 거리
가 넘쳐나는 세상이지만, 미셸은 여전히 자신이 자란 방식
그대로 아이들을 키우길 원한다. 말리아와 샤샤는 백악관에
서 학교를 다니는 것 이외에 숙제와 집안일, 올바른 태도, 엄
격한 규칙 등에서는 시카고에서 살 때와 별로 달라진 것이
없을 것이다.

　　오바마 가족은 이제 막 새로운 인생의 여정을 시작했다.
그들이 지금까지 보여준 자신감과 한결같음이야말로 미국
대중들에게 커다란 영향을 끼칠 것이다. 미국 국민들은 이러
한 대통령 가족에게 더할 나위 없는 지지와 관심을 보내고
있다. 그것은 더 열심히, 더 힘차게 앞으로 나아가자는 미국
국민들의 절절한 염원의 표현이다. 희망과 변화를 목청 높이
외친 버락과 미셸. 사람들은 그들을 통해 더욱 눈부신 미래
를 꿈꾸기 시작했다.

무엇을 하며 살아야 할 것인가
깊이 생각하라

미셸 라본 로빈슨Michelle LaVaughn Robinson은 1964년 1월 17 일, 시카고의 빈민가 사우스 사이드에서 태어났다. 그녀의 아버지 프레이저와 어머니 마리안은 1960년 결혼했다. 버락 오바마의 부모가 대륙 반대면 태평양 중간의 하와이 섬에서 결혼을 올리던 바로 그 해였다.

미셸에게는 1년 6개월 먼저 태어난 오빠 크레이그가 있었 다. 아버지 프레이저 로빈슨은 젊은 시절 발병한 다발성 경 화증을 앓으면서도 시카고 상수도국의 펌프 운용사르 가족 의 생계를 위해 헌신했고, 한때 민주당 지역 위원장을 맡기 도 했지만 1991년 사망했다.

로빈슨 가족은 따뜻한 가족애가 넘치는 전형적인 모범 가 정이었다. 가족은 매일 밤 함께 모여 저녁식사를 했그 카드

놀이를 하며 이야기꽃을 피웠다. 미셸은 부유하진 않았지만 행복한 어린 시절을 보냈다고 언제나 자랑스럽게 얘기했다. 특히 로빈슨가 아이들은 억지로 교회에 가거나 하기 싫은 일에 내몰리는 법이 없었다고 말이다.

"부모님은 항상 우리가 하고 싶은 일을 해야 한다고 말씀하셨어요. 그럼 무슨 일을 하든 잘할 수 있다고 말이죠."

로빈슨 가족이 열정적으로 좋아하는 것이 있었는데, 바로 스포츠였다. 키가 2미터에 육박하는 미셸의 오빠 크레이그는 어려서부터 농구에 뛰어난 소질을 보였고 곧 아이비리그 최고 선수가 되었다. 현재 그는 오리건 주립대 농구팀 감독으로 일하고 있다. 미셸은 어린 시절 오빠를 쫓아 농구코트뿐 아니라 넓은 운동장까지 뛰어다니며 야구와 축구를 즐겼다.

미셸은 어릴 때부터 성공의 가능성을 보여준 아이였다. 브린 마워 초등학교 시절부터 두각을 나타낸 미셸은 역시 똑똑했던 오빠 크레이그처럼 2학년을 월반한 뒤 6학년 때는 영재 반에 들어갔다. 시카고 최고의 공립 고등학교인 휘트니 영 고등학교 시절에는 매 학기마다 우등을 놓치지 않는 우수 학생이면서 학교 자치위원회의 활동도 열심히 했다. 마리안 여사는 미셸이 통학버스를 타고 가면서도 책에서 눈을 떼지 않을 정도로 공부에 집중했다고 어린 미셸을 떠올렸다. 특히 고등학교 2학년 때 미국 내 우수학생모임인 NHS National Honor Society회원이 되는 영예를 안기도 했다.

하지만 1981년 프린스턴 대학에 진학한 미셸은 개방적이라고 소문난 캠퍼스에서 흑인 학생을 거의 찾아볼 수 없다는 사실에 좌절했다. 대학은 백인 교수와 백인 학생들이 지배하는 또 다른 사회일 뿐이었다. 미셸은 공동화장실이 전부인 기숙사에서 세 명의 친구들과 함께 방을 썼다. 학교에서 지원받은 학자보조금으로 공부를 했기 때문에 주머니에는 언제나 돈이 모자랐다.

전공으로 사회학을, 부전공으로 미국 흑인학을 택한 미셸은 다른 백인 학생들과 똑같이 공부하고 똑같은 이상을 꿈꾸며 똑같은 사교 생활을 한다고 믿고 싶었지만 검은 피부 때문에 항상 낯선 기분으로 지내야 했다.

미셸은 백인이 지배하는 엘리트 사회에 편승하여 그들과 같은 계층으로 인정받는 길을 택할 것인가, 고등교육을 받은 전문가의 역량을 자신이 나고 자란 흑인 사회를 위해 쓸 것인가의 문제에서 심각하게 고민했다.

대학 시절 그녀는 '대학 구내식당과 관리 용역 직원들의

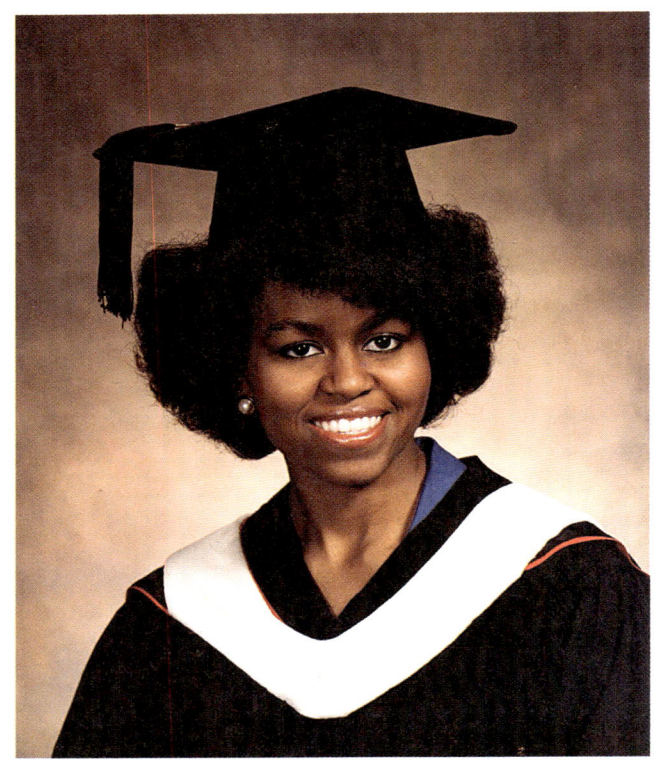

Real innovation often starts with individuals
who apply themselves to solve a problem right
in their own community. That's where
the best ideas come from.

진정한 변화, 진정한 개혁은 자신의 문제들을 먼저 해결해 보고자 하는
수많은 개인들의 노력이 모여 이루어지는 것입니다. 그렇게 해야
최선의 방법을 얻을 수 있다고 생각합니다.

자녀들을 위한 방과 후 센터 마련 방안'에 대해 연구하기도 했다. 다른 학생들의 눈에는 학교를 위해 묵묵히 일하는 직원들이 안 보였을지 몰라도 그녀의 눈에는 또 다른 세상이 보였던 것이다.

1985년 졸업논문 주제를 '프린스턴을 졸업한 흑인 학생들과 흑인 지역 사회의 관계Princeton-Educated Blacks anc the Black Community'로 정하고 아프리카계 미국인으로 프린스턴을 졸업한 자신 앞에 놓인 양면적인 선택권에 대해 거침없이 탐구했다. 1985년 프린스턴 대학을 우등Cum Laude으로 졸업한 미셸은 곧바로 하버드 로스쿨로 진학했고, 1988년 법학 박사 학위를 받음으로써 힐러리 클린턴과 로라 부시에 이어 박사 학위를 받은 세 번째 퍼스트레이디가 되었다.

대학원 졸업 후 시카고의 로펌 시들리&오스틴Sidley& Austin에 취직해 지적재산권 변호사로 일하던 미셸은 1989년 하버드 로스쿨에서 하계 인턴으로 온 버락 오바마와 처음 만났다. 버락은 188센티미터나 되는 자신과 불과 몇 센티미터 차이가 나지 않을 정도로 키가 훤칠한 이 직속상관에게 매력을 느꼈다. 사실 버락이 오기 전부터 로펌에는 하버드 '신동'이 온다는 소문이 파다하게 퍼져 있었다. 훗날 미셸은 버락의 자서전 집필가 데이비드 멘델에게 이렇게 고백했다.

"그의 이력은 현실의 사람의 것이라고 하기에는 너무 완벽했어요. 학구적인 아우라도 대단했지요. 한 번 몰입하면 지칠 줄 모르고 파고드는 성격이라 어떨 때는 괴짜처럼 보였죠. 나중에 보니 그는 도덕적 가치를 신봉하는 아주 똑똑한 직원이었어요."

두 살 아래 직속상관에게 푹 빠져버린 버락은 끈질기게 데이트 신청을 했다. 완벽주의자였던 미셸은 최소한 그가 '아주 잘못된 선택'은 아니라는 것을 확인할 시간이 필요했다. 무엇보다 로펌에 근무하는 흑인은 자신과 버락 오바마 단 둘뿐이었으므로 둘의 로맨스를 두고 '뻔뻔하지만 당연한 결과'라고 다른 사람들이 수군대는 것이 싫었다. 미셸은 버락의 관심을 다른 여성에게 돌리려 했지만 허사였고, 결국 한 달 뒤 두 사람은 처음으로 데이트를 시작했다. 두 사람의 첫 데이트 코스는 시카고 현대 미술관. 그리고 극장에서 스파이크 리 감독의 영화 〈똑바로 살아라Do the Right thing〉를 관람했다. 버락에 대한 경계심을 푼 미셸은 여름이 끝나고 버락이 하버드로 돌아간 뒤에도 계속 '원거리 사랑'을 키워 나갔다.

1991년 시카고의 고돈 레스토랑에서 저녁을 먹다 말고 미셸이 버락에게 화를 냈다.

"당신은 우리 사이가 어떻게 되든 아무 상관없나요?"

버락은 이미 그런 상황을 예상한 터였다. 식사가 끝나고 나온 디저트 접시 위에는 조그만 반지 케이스가 놓여 있었던 것.

"이제 다시는 그런 말하지 않겠지, 미셸?"

1992년 10월 두 사람은 시카고 하이드 파크 부근에 신혼살림을 차렸다. 흑인과 혼혈인 부부까지 기꺼이 받아주는 당시로는 꽤 진보적인 분위기의 동네였다. 다발성 경화증으로 아버지가 돌아가시고 암으로 고생하던 친구의 죽음을 지켜보면서, 미셸은 자신이 정말 하고 싶은 일에 대해 진지하게 생각하기 시작했다. 그때 자신을 희생하면서까지 공익을 위해 봉사하려는 남편 버락의 모습이 큰 본보기가 되었다.

뉴욕의 전도유망한 변호사 자리를 마다하고 시카고 거리로 나가 빈민촌 시민들을 위해 일하는 남편에게서 큰 감동을 받은 미셸은 로펌을 떠나 시카고 시장 보좌관으로 자리를 옮겼다. 로펌에서 받던 연봉과는 비교도 안 될 만큼 적은 월급의 일자리였다. 1년 6개월 후 미셸은 클린턴 행정부가 추진

“

버락과 미셸의 결혼식 날.
어머니 마리안 로빈슨(왼쪽)과 버락의 어머니
앤 던햄(오른쪽에서 두 번째)과 함께 찍은 사진이다.
특별한 날을 위해 미셸은 지극히 전통적인 스타일을
선택했다. 오프 숄더의 긴 웨딩드레스와 역시 길이가
긴 풀 베일full veil. 미셸은 이때만 해도 자신이 장차
스타일 아이콘으로 다시 태어날 것을 전혀
예감하지 못했을 것이다.

”

하는 사회복지 정책의 일환으로 조직된 퍼블릭 앨라이스 Public Allies의 시카고 지부를 출범하고 1993년부터 1996년까지 사무국장을 역임했다. 퍼블릭 앨라이스는 젊은이들이 비영리 단체에서 일할 수 있도록 다양한 인턴십 프로그램을 제공하는 단체였다. 이 시기 그녀는 탁월한 수완을 발휘하여 퍼블릭 앨라이스를 위한 후원금 모집에도 뛰어난 능력을 보였다.

1996년 미셸은 시카고 대학 의료센터로부터 사두국장 자리를 제안 받았다. 미셸은 면접 장소에 어린 딸 샤샤를 캐리어로 등에 업고 나타나 당시 면접관이었던 시카고 대학 병원장을 놀라게 했다고 한다. 그녀는 6년 후 지역 업무 담당 책임자로 승진했고 2005년에는 대외 및 지역사회 담당 부원장이 되었다. 그녀는 직원들과 자원 봉사자들이 정식 월급을 받고 일할 수 있도록 직원들의 처우개선에도 힘썼다.

훗날 그녀는 시카고 의료센터가 너무 좋은 자리여서 포기하기가 쉽지 않았다고 솔직하게 밝히기도 했다. 대학병원 측에서는 그녀에게 자유로운 근무시간과 재택근무를 허락해 주었을 뿐만 아니라 보수도 상당했기 때문이다. 그러나 대선에 나선 남편을 돕기로 결심한 미셸은 결국 병원을 떠났다.

미셸의 취향은 성격만큼이나 꾸밈이 없다. 이 새로운 퍼스트레이디가 제일 좋아하는 음식은 마카로니와 치즈. 피곤한 날이면 1960년대 인기프로그램 '딕 반 다이크 쇼The Dick Van Dyke Show' 재방송을 보며 스트레스를 푼다고 한다. 잡지 《베니티 페어Vanity Fair》에 2년 연속 베스트 드레서로 이름을 올린 그녀이지만, 일반 상점의 기성품 옷을 즐겨 입는다. 패션보다는 건강에 관심이 많은 미셸은 남편과 함께 벌써 몇 년째 살인적인 스케줄 속에서도 짬을 내어 개인 트레이너와 꾸준히 운동을 하고 있다.

미셸만큼 빠르게 세계인의 머릿속에 각인된 퍼스트레이디는 없을 것이다. 비평가들은 그녀가 흑인 중산층의 사기를 북돋우고 가족의 가치를 부각시켰으며 관대하고 건강한 삶에 대한 긍정적인 영향을 불러일으켰다고 평했다. 그녀의 도전적인 영혼과 좌중을 휘두르는 유머감각은 그냥 얻어진 것이 아니다. 자신의 능력, 인종과 계급, 무엇을 하며 살아야 할 것인가에 대한 끝없는 자기성찰과 진지한 사고를 통해 얻은 것이다. 지금의 자신 있는 미셸의 모습이야말로 오랜 갈등의 시간을 묵묵히 견디며 인내한 값진 결과이다.

시카고 빈민촌의 작은 여자아이가 대학교를 졸업하고 변호사가 된 위대한 이 –라,
하와이의 편모슬하에서 태어난 아이가 온갖 역경을 이겨내 결국 백악관의 주인으로 우뚝 설 수 있는
이 멋진 나라에서 우리는 '우리가 꿈꾸는 세계' 를 이루기 위해 열심히 노력했노라고
자랑스럽게 말할 것입니다.

—— Michelle Obama ——

Michelle obama
Fashion
Style

그녀의 패션 스타일

대담한 컬러가 주는
매력을 즐겨라

Panache of Color and Pattern

미셸 오바마 패션의 대표적 키워드는 자신감과 대담한 시
도이다. 남들이 쉽게 시도하지 않는 컬러와 패턴의 디자인을
과감하게 시도하는 것은 물론 트렌드세터답게 그 파격적인
시도들을 멋지게 소화해낸다. 레드, 블루, 그린 같은 시선을
끄는 선명한 컬러와 예술가적 심미안을 필요로 하는 짙은 청
록색, 어두운 자주색 등을 T.P.O(시간, 장소, 상황)를 고려해 매
우 적절하게 선택하는 것이다.

오바마 가족이 처음 백악관에 들어가던 날, 디자이너 이
사벨 톨레도Isabel Toledo가 만든 레드가 감도는 오렌지 계열의
드레스를 입은 미셸은 눈이 부실 정도로 아름다웠다. 그녀를
왜 시대의 패션아이콘이라 말하며 여론이 집중하는지 그 이

유를 증명해주었다.

새로운 패턴도 주저하지 않는 미셸은 아무도 생각하지 못한 무늬를 선택하기도 한다. 특히 그녀가 입었던 타쿤 파니쿤Thakoon Panichgul이 디자인한 자홍색과 블랙의 드러 스와 코트, 준야 와타나베Junya Watanabe가 디자인한 대담한 아가일 Argyle 무늬의 스웨터 등은 대중을 놀라게 할 만큼 감각적이었다. 분명 그녀는 자신의 얼굴을 더욱 빛나게 하고 사람들의 시선을 끌며 자신이 입은 옷을 돋보이게 해주는 색상과 패턴을 고를 줄 아는 타고난 감각을 지녔다.

특히 퍼스트레이디로서 그녀가 보여주는 스타일은 여느 패셔니스타들과는 달리 스타일을 넘어서는 가치를 전달하고 있다. 그녀의 대담하게 밝은 컬러의 옷들은 세계적인 불황으로 인해 실추된 미국인들의 자신감을 회복하고 변화를 원하는 그들에게 희망의 메시지를 전달하고 있다는 평가를 받는다. 지금까지의 퍼스트레이디들과는 달리 최고급 디자이너의 의상보다는 타쿤 같은 가능성 있는 젊은 디자이너의 옷을 선택하는 것 역시 새로운 가능성에 대한 의지의 표현이다. 그리고 희망이 느껴지는 새롭고 모던한 가치, 그것이 바로 대중들이 미셸 스타일에 열광하는 이유이다.

— Michelle Obama —

Michelle
Styling

대담한 컬러 매치

1 스타일의 기본은 자기 자신을 잘 아는 것이다. 그래야 모든 옷차림을 자기만의 스타일로 만들 수 있으니 말이다. 미셸 역시 자신의 180센티미터가 넘는 훤칠한 키와 탄력 있는 몸매를 어떻게 하면 더 멋지고 우아하게 드러낼 수 있는지 알고 있는 듯하다.

컬러에 대해서도 그렇다. 그녀는 선명한 컬러가 자신의 피부 톤에 잘 어울린다는 것을 알고 있다. 대통령 후보의 이미지에 큰 영향을 주는 텔레비전 연설 때마다 미셸은 환하고 밝은 컬러의 의상을 입고 나왔다. 그녀 자신이 돋보인 것은 물론 그녀가 선택한 과감하고 화려한 컬러의 의상들은 오바마가 추구하는 이미지를 대변해 주었으니 그녀의 패션은 스타일 이상이라는 평가를 받는 것이 당연하다.

사진은 노스캐롤라이나 라일리에서 대선 결과를 기다리는 버락과 미셸의 모습이다. 미셸은 이날도 밝은 오렌지 컬러의 시스드레스를 선택했다. 대담한 컬러, 진주목걸이, 스타킹을 신지 않은 맨 다리 등 자신의 패션 트레이드마크를 다양하게 응용했다. 오렌지 컬러는 정말 탁월한 선택이었다. 애국심을 고취시킬 수 있는 레드나 코발트 블루를 입었던 선배 퍼스트 레이디들의 암묵적인 관습을 깨고 미셸은 자신에게 잘 어울린다고 생각한 컬러를 골라 차별화를 꾀했다.

— Michelle Obama —

2009년 2월에 열린 갈라쇼에서 바이브런트 그린 컬러의 드레스를 입은 미셸의 모습이다. 이날 열린 갈라쇼는 스티비 원더의 공로를 치하하는 자리였는데, 미셸은 원더의 아내 카이 밀라가 디자인한 드레스를 입었다. 자연스러운 컬의 헤어스타일 또한 그린 컬러의 드레스와 멋진 앙상블을 이루었다. 평소 몸의 라인이 드러나는 단순한 디자인의 시스드레스를 즐겨 입던 그녀가 부드럽고 로맨틱한 새로운 스타일을 선보여 사람들을 놀라게 했다.

3 　우아하고 호·려한 밝은 바
이올렛 컬러의 시스드레스
를 입은 미셸. 한 가지 톤으로
입었을 때 얼마나 통일된 분위
기가 나는지 잘 코여준다. 자칫
어울리지 않는 컬러를 조합하거
나 포인트를 주려는 의도로 전
혀 다른 느낌의 브로치나 액세
서리를 매치시키는 것보다 이처
럼 한 가지 톤으르 입는 것이 전
체 컬러가 주는 화려한 느낌을
더욱 부각시킬 수 있다.

4 미국 대선 당시 두 명의 대통령 후보 버락 오바마와 존 매케인의 첫 번째 토론회가 열렸던 미시시피대학교. 이날 미셸은 꽃무늬 프린트 시스드레스를 선택했다.

키가 큰 여성일수록 커다란 무늬가 프린트 된 옷을 기피하는 경향이 있는데 오히려 미셸은 그 패턴과 컬러의 화려한 조합을 즐기는 듯하다. 짧은 소매의 꽃무늬 드레스는 타쿤이 디자인한 것으로, 순수하고 부드러운 느낌과 더불어 빈티지 한 느낌도 준다. 한쪽 어깨에는 블랙 리본 브로치를 매치해 강조했다. 무릎까지 떨어지는 라인이 복고적이라고 여기는 사람도 있지만, 디자이너들은 여성의 다리를 가장 아름답게 표현할 수 있는 길이라고 말한다.

조 바이든이 오바마의 러닝 메이트로 지명되면서 그의 아내인 질 또한 선거 운동의 파트너로 동참했다. 화려한 경력을 가진 전문직 여성이자 엄마이기도 한 두 사람은 서로를 마음깊이 존경하는 모습을 보여주고는 했다.

이 사진에서 미셸은 주름이 풍성한 얇은 꽃무늬 셔츠 드레스를 입고 똑같은 패턴의 끈으로 허리를 묶었다. 바이올렛과 라임 컬러로 된 플로랄 드레스. 자연스럽게 섞은 패턴이 근사하다.

— Michelle Obama —

6 2008년 콜로라도 덴버에서 열린 민주당 전당대회 나흘째 날,
오바마 가족이 총출동했다. 퍼프소매의 짧은 드레스를 입은
미셸. 소녀의 귀여움과 성숙한 여성의 시크함이 함께 묻어나는 스
타일을 보여주었다. 약간 풍성한 볼륨감이 상체 부분과 균형을 이
루며, 전체적인 조화가 완벽했다.

7 백악관에서 열린 초등학생들의 공연을 관람한 미셸. 연한 그린 스웨터와 브라운 계열의 트위드 펜슬 스커트를 입은 그녀는 매우 편안하고 부드러워 보인다. 언뜻 생각하면 부자연스러울 것 같은 컬러들인데 훌륭하게 매치시켰다. 이제 대담한 컬러들을 매치하는 능력은 그녀만의 스타일링 트레이드마크가 되었다.

— Michelle Obama —

8 　전임 대통령 빌 클린턴과 함께 자리한 자원봉사단체 부양 법
안인 '에드워드 M. 케네디 서브 아메리카 액트'의 인준식에서
미셸은 짙은 바이브런트 블루 재킷과 블랙 팬츠 그리고 그린 블라
우스를 매치했다. 자칫 가라앉고 어두운 느낌을 줄 수 있는 조합이
지만, 과감한 색상들의 적절한 매치를 통해 시크하면서도 엣지 있
는 스타일을 연출했다.

전국 순회유세 중 오하이오의 콜롬버스 비행장에 가족들과 함께 도착한 그녀의 모습에서 미셸 스타일을 결정하는 핵심요소인 대담하고 밝은 컬러를 볼 수 있다. 이번에는 노란 카디건과 코발트블루 팬츠를 매치시켰는데 그 조화가 완벽하다.

스타일은 브랜드의
가치로 만드는 것이 아니다

    사람들은 유명 패셔니스타들의 스타일에 열광하면서도 그들의 스타일은 훌륭한 디자이너의 도움과 소위 명품이라고 말하는 고가 브랜드 덕분이라는 시샘어린 시선을 보내곤 한다. 고가의 하이엔드 제품만 입는 것 자체가 스타일의 비결 아니겠냐는 것이다.

    하지만 떠오르는 패셔니스타 미셸은 분명 다르다. 그녀는 유명 디자이너의 감각을 빌리는 데 그치는 것이 아니라 다른 많은 옷들을 스스로 선택하여 매치시킨다. 특히 그녀는 누구나 쉽게 입을 수 있는 중저가 브랜드의 기성복을 적절하게 선택해 스타일리시하게 소화한다.

    독립 기념일 퍼레이드 때 입은 '갭Gap'의 여름 드레스와 TV 쇼 프로그램인 '뷰View'에 입고 나온 '화이트 하우스 블랙 마켓White House Black Market'의 시스드레스는 그녀가 패션에서도 얼마나 현명한 선택을 할 수 있는 사람인지 증명해 주었다. 그녀는 패션을 통해 메시지를 전달하는 뛰어난 능력의 소유자다.

그녀가 입은 드레스는 당일 하루 만에 전국적으로 품절되었다고 한다. 148달러짜리(약 18만 원) 드레스의 위력은 정말 대단했다!

미셸이 입으면 어떤 옷이든 근사하게 변한다. 굴론 여기에 스타일링의 비법이 숨어 있다. 자신 있게 선택하고 적절하게 조합하는 것! 이것이 미셸이 전 세계 여성에게 어필하는 이유이다. 실용성을 중요시하는 그녀는 대중 사이에서 현명한 구매자이며 진정한 패셔니스타인 퍼스트레이디가 '여러분과 같은 브랜드를 입는다'는 동질감을 주었다. 미셸의 스타일이야말로 모든 여성들이 추구해야 할 것이라는 상징성을 갖게 된 것이다.

Michelle
Styling

다양한 브랜드의 조화

1 2009년 첫 유럽 순방을 통해 미셸 스타일이 유럽을 사로잡았다. 영국 수상 고든 브라운의 아내 사라와 함께 웨스트 런던의 매기 암치료 센터를 방문할 당시, 미셸은 연한 라임 그린의 심플한 펜슬 스커트와 장식이 달린 크림색 카디건을 입었다. 시크해 보인 그녀의 스타일에 대한 언론의 격찬이 일었던 가운데 당시 그녀가 입은 옷이 모두 40대들이 즐겨 입는 미국의 대표적인 중저가 브랜드 제이크루J.Crew의 제품이란 사실이 알려지면서 언론은 더욱 뜨겁게 그녀의 스타일에 대해 찬사를 늘어놓았다.

그녀가 제이크루의 옷을 입고 대중 앞에 나타난 것은 자주 볼 수 있다. 선거 기간 중 제이 리노가 진행하는 TV프로그램 〈투나잇 쇼The Tonight Show〉에 출연했을 때에도 제이크루의 선명한 노란색 계열의 카디건과 푸른색 스커트를 입었다. 그 역시 며칠 만에 전국적으로 동이 났다고 한다.

미국의 독립 기념일 행사에서 오바마 가족이 퍼레이드에 참가
해 즐거운 시간을 보냈다. 캐주얼 복장으로 여러 행사에 참석
한 미셸의 너무나도 활기차고 열정적인 모습에 사람들은 환호를 아
끼지 않았다. 블랙 앤 화이트의 플레이드 체크 선드레스sundress와
하얀색 카디건을 입고 두 딸과 달리기를 하는 미셸. 이날 그녀가 선
택한 드레스는 미국 브랜드 갭GAP의 제품이다.

3 　미셸이 스트라이프를 입고 나타나자 누
구의 옷인지 알아내기 위해 패션 피플
들은 촉각을 곤두세웠다. 아메리칸 스포츠
웨어의 대가 마이클 코어스의 작품이거나 아
니면 미셸의 클래식한 스타일에 약간의 변화
를 준 토리 버치Tory Burch의 작품일 것이라
고 여겼다.

　하지만 놀랍게도(?) 유명 디자이너의 작품
일 것이라는 모두의 예측은 빗나갔다. 생생
한 에너지가 감도는 스트라이프 슬리브리스
드레스는 스웨덴의 저가 브랜드 헤네스 앤
모리츠H&M 제품이었다.

　미셸은 디자이너들의 하이엔드 제품과 일
반 기성복의 믹스매치를 즐기는 첫 번째 퍼
스트레이디이다. 그녀의 패션은 미국 여성들
에게 혹은 다른 나라의 많은 여성들에게 '우
리는 퍼스트레이디와 같은 브랜드를 입는
다'는 기쁨을 주고 있다.

— Michelle Obama —

자신감 있게 드러내라

미셸 오바마를 떠올릴 때 그려지는 몇몇 이미지가 있다. 그중 하나가 강인함이다. 큰 키와 힘이 느껴지는 팔 그리고 확신을 주는 굳게 다문 환한 미소가 그렇다. 그리고 이는 그녀의 패션에서도 고스란히 드러난다. 그녀가 일 년 내내 즐겨 입는 슬리브리스 원피스가 그것.

'계절 없는 스타일링'이라고 불리는 미셸의 슬리브리스 스타일은 패션 피플들 사이에서 이미 큰 인기를 끌고 있으며, 현대 여성이 추구해야 할 강력한 패션 트렌드로 자리 잡기 시작했다.

슬리브리스 원피스는 확실히 그녀의 큰 키와 긴 팔, 다리를 더욱 부각시켜 주는 것으로 미셸을 대표하는 아이템이 되었다. 오바마는 백악관 기자단 연례 간담회에서 "소속 정당에 상관없이 여러분 모두 미셸 오바마가 자신의 팔뚝을 드러낼 권리를 갖고 있다는 점에는 동의하고 있을 겁니다"라는 농담 섞인 말을 건네기도 했을 정도.

미셸은 슬리브리스 스타일에도 다양한 변화를 시도한다. 트레이닝복에서나 볼 수 있는 암홀이 깊게 파인 슬리브리스 라인을 클래식한 블랙 원피스에 접목시켜 모던하면서도 활동적이고 진취적인 느낌을 자아낸다. 또한 짙은 컬러의 슬리브리스로 강한 느낌을 연출하거나 브로치나 주얼리를 매치하여 보다 세련된 느낌으로 연출한다.

미셸 오바마 이전에도 슬리브리스를 입었던 퍼스트레이디들은 많았다. 그들 역시 자신의 스타일이 세인들의 입방아에 오르는 것을 감수해야 했다. 그중에서도 재클린 케네디와 낸시 레이건이 슬리브리스를 좋아했고, 두 사람 모두 남편의 대통령 취임식 기념 파티를 위해 슬리브리스 드레스를 입었다. 재클린은 1961년, 낸시 레이건은 1981년이었다.

1960년대 당시 재클린이 슬리브리스를 입는다는 것은 큰 모험이었다. 슬리브리스 드레스를 입고 나타난 낸시 레이건에게 사람들의 비난이 쏟아질 정도였으니 말이다. 언론은 할리우드 여배우의 화려함을 지나치게 추구했다고 지적했지

만, 당시 언론이 두 퍼스트레이디를 어떻게 평가했든지 간에 역사는 두 사람에게 매우 호의적인 점수를 주고 있다. 그녀들의 슬리브리스 드레스는 당대 패션 트렌드를 앞선 것이라고 평가하면서 말이다.

미셸 오바마의 스타일은 아마도 앞선 두 명의 퍼스트레이디보다 훨씬 더 오래 사랑받을 것 같다. 그녀는 재키나 낸시보다 슬리브리스 패션에 더 어울리며 자신의 룩을 사랑한다. 화려하고 강인한 그녀의 팔에 대한 사람들의 이야기는 끝이 없지만, 모든 것을 차치하고서라도 그녀의 팔은 현대 여성의 자신감을 표현하기에 모자람이 없다.

생생한 컬러의 슬리브리스 드레스

1 2008년 당시 버락 오바마가 민주당의 대통령 후보로 지명되면서 미셸도 전당 대회에 동행했다. 미셸의 스타일을 대중들에게 알리기 시작한 것 역시 이때부터이다. 미셸은 이날 화이트 앤 블랙의 기업인 같은 정장 차림의 스타일을 벗고 생생한 컬러의 슬리브리스 원피스를 선택해 그녀의 건강미를 더욱 드러냈다.

— Michelle Obama —

2 　시카고의 '위민 포 오바마 Women for Obama'에서 주최한 오찬 모임에 참석한 미셸이 연단을 향해 올라가고 있다. 이날 그녀의 모습은 마치 '미셸 스타일'의 정수를 보는 듯하다. 몸매를 따라 물이 흐르듯 흘러내리는 슬리브리스 시스드레스와 한쪽 어깨에 꽂은 브로치 그리고 대담한 컬러가 이미 연설에 앞서 그녀의 모든 메시지를 전하고 있다.

3 워싱턴 D.C.의 포드 극장 재개관 기념행사의 일환으로 열린 아브라함 링컨 대통령의 탄생 200주년을 기념하는 그랜드 오프닝 파티. 이날 미셸은 그동안 즐겨 입던 몸매를 살린 시스드레스 대신 주름이 풍성한 독특한 대각선 패턴의 스커트라는 새로운 선택을 했다. 자칫 뚱뚱해 보일 염려가 있는 주름 스커트이지만 같은 계열 컬러의 벨트를 이용해 그녀 특유의 하이웨이스트 라인을 살려 오히려 로맨틱하고 부드러운 이미지로 변신했다. 화려하게 빛나는 귀걸이가 그녀의 미소를 더욱 빛나게 해준다.

— Michelle Obama —

누구나 한 벌쯤 갖고 있는 그레이 펜슬 스커트는 어떻게 입어야 평범하고 조금은 밋밋한 느낌을 지울 수 있을까?

2007년 6월 남편인 버락 오바마를 대신해 아이오와의 카운실 블러프Council Bluffs를 방문해 대통령 선거 유세를 펼치고 있는 미셸은 그레이 펜슬 스커트에 멋진 산호색 슬리브스 블라우스를 입었다. 산호색이 미셸의 얼굴이 발산하는 따뜻한 광채를 더욱 돋보이게 만들어 준 탁월한 컬러였음은 물론, 라운드 넥에서 가슴선으로 떨어지는 조개 모양의 부드러운 곡선이 심플한 슬리브스 라인과 어우러져 멋진 조화를 이룬다. 그녀의 상징적인 아이템인 굵은 검정 벨트 역시 그녀의 라인을 멋지게 완성했다.

5 　주지사 초청 만찬 메뉴를 상의하기 위해 백악관 수석 조리사 크리스테타 커머포드(중간)와 디저트 전문 페이스트리 빌 요세스(오른쪽 끝)와 담소를 나누고 있는 미셸. 블랙과 코발트 컬러의 시스드레스를 입은 젊고 모던한 그녀의 모습은 편안한 스타일을 좋아하는 그녀의 취향을 완벽하게 말해주는 듯하다.

6 　워싱턴 D.C.의 국립수생
　식물원Kenilworth Aquatic
Garden에서 자원 봉사자들과
나무를 심고 있는 미셸. 작업을
위해 착용한 장갑인데도 그린
과 블랙의 루슈 장식(여성복의
깃이나 소매 끝에 다는 주름 끈이
나 주름 장식)이 달린 슬리브리
스 탑과 어우러져 스타일리시
하게 보인다. 손으로 하는 일이
라면 무엇이든 좋아하는 그녀
는 퍼스트레이디로서 수행해야
하는 다른 일에도 똑같은 열정
과 적극성을 보여주고 있다.

The Little Black Dress
베이식 스타일도
자신에 맞게 변형하라

    패션 피플들이 LBD라고 부르는 '작은 블랙 드레스little black dress' 스타일. 이것은 1926년 코코 샤넬이 처음 선보인 이래 지금까지 심플하고 시크한 멋의 대명사가 되어 왔다. 블랙 드레스를 단 한 벌이라도 가지지 않은 여성이 있을까? 베이식 블랙의 멋과 힘은 단 한 번도 패션 트렌드에서 빠진 적이 없으니 말이다.

    대담한 컬러와 새로운 스타일에의 탐구를 마다하지 않는 미셸 역시 블랙 드레스가 가져다주는 편안함과 세련됨 그리고 어떤 자리에도 어울리는 무난함을 즐긴다. 물론 그 편안함과 무난함을 그대로 즐기는 것은 아니다. 미셸은 블랙 드레스마저 자신의 스타일과 체형에 맞게 선택하고 그 안에서의 새로운 변화를 끊임없이 시도한다. 그래서 베이식 스타일마저 그녀 자체를 나타내는 아이콘으로 만들어버렸다.

　백악관 입성 후 공식적인 첫 사진이 될 백악관 공식 초상화 사진을 위해 그녀는 전통적인 LBD 스타일을 선택했다. 몸매가 살짝 드러나는 매끈한 실루엣의 이 드레스는 미셸을 더욱 돋보이게 해주었고, 보트 네크라인이 피부를 빛나게 만들며 얼굴의 윤곽을 살려주었다.

　마이클 코어스Michael Kors가 디자인한 이 블랙 드레스에 특이한 점이 있다면 소매 라인이 안쪽으로 둥글게 커트되어 있다는 것이다. 흡사 트레이닝복처럼 말이다. 변형된 라인에 그녀의 패션 전략이 담겨 있다. 전 세계를 향해 그녀가 강하며 자신감 있고 세련된 여성이라는 사실을 알리는 메시지가 담겨 있으니 말이다. 그리고 그것은 블랙 드레스의 힘, 더 나아가 그 속에 숨은 여성의 힘을 보여주는 이미지라고 하겠다.

Michelle Styling

작은 블랙 드레스

1 앞에서 언급한 백악관 공식 초상화 사진이다. 블랙 드레스는 무엇보다 디자인이 항상 시크하며 화려하다. 미국 디자이너 마이클 코어스가 디자인한 이 블랙 드레스는 소매 라인을 흡사 운동선수의 등을 떠올리는 라인으로 커팅해 미셸의 건강한 팔을 더욱 돋보이게 했다. 이 블랙 드레스를 위한 액세서리는? 두 줄로 된 진주목걸이! 옷을 더욱 빛나게 해주며 생생한 활기를 더해준 완벽한 매치다.

2 시카고 그랜드 파크에서 열
린 취임식 축하 파티에 참석
한 미셸이 환호하는 청중들에게
인사하고 있다. 나르시소 로드리
게즈Narciso Rodriguez가 디자인한
이 의상은 블랙 드레스의 새로운
버전이라 불러도 좋을 것이다. 강
렬한 레드 컬러를 포인트로 삼고
벨트 대신 천을 둘러 엠파이어 웨
이스트를 강조했다. 당시 페인트
를 엎질렀다든가 혹은 더 심하게
는 피를 흘린 것 같다고 혹평한 비
평가도 있었지만 이 드레스는 패
션을 선도하는 선택이었다. 지금
이 디자인에서 아이디어를 얻은
수많은 드레스가 선보이고 있다.

3 프랑스 스트라스부르에서 열린 각국 정상들의 저녁 만찬에 참석할 당시 미셸은 상체의 피트감이 좋고 물결 같은 주름이 잡힌 러플드 스커트를 입었다. 튀니지 출생의 프랑스 디자이너 아제딘 알라이아 Azeddine Alaia가 디자인한 이 블랙 드레스는 진정한 하이엔드 글래머 스타일을 보여준다. 평론가들은 이날 미셸의 의상에 대해 우아함의 극치였다며 칭찬을 아끼지 않았고, 미국의 퍼스트레이디들은 오직 자국 디자이너들의 옷만 입는 지금까지의 전통을 깬 선택이었다고 평가했다.

백악관 방문자 센터에서 열린 노예반대 여성 해방 운동가 소저너
트루스Sojourner Truth 기념비 제막식에 참석한 미셸. 밝은 터키색
줄무늬가 인상적인 블랙 셔츠 드레스로 블랙 스타일을 한 단계 업그레
이드 시켰다.

— Michelle Obama —

5 블랙 드레스를 사랑하는 미셸의 또 다
른 선택을 살펴보자. 호화롭고 두꺼운
견직물인 브로케이드 시스드레스와 블랙
볼레로 재킷의 조화가 미셸의 길고 아름다
운 실루엣을 더욱 돋보이게 한다.

— Michelle Obama —

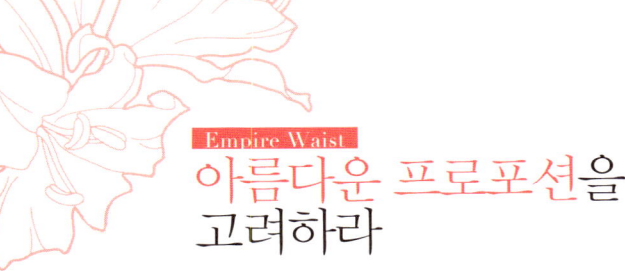

아름다운 프로포션을
고려하라

.

　일찍이 그리스로마 시대부터 나폴레옹 시대까지 유럽 귀
족들 사이에서 '엠파이어 웨이스트'는 인기 있는 스타일이
었고, 1960년대 이후 미국에서도 새로운 유행의 대열에 들
어서게 되었다.

　수많은 여성들에게 엠파이어 웨이스트가 어필하는 이유
는 여성의 몸매를 가장 아름답게 보여주는 라인이기 때문이
다. 여성의 신체 중 가장 섬세한 아름다움을 지닌 상체를 돋
보이게 감싸주면서 혹시 투박할지 모르는 하체를 살짝 가려
주어 멋진 실루엣을 만들어낸다.

　엠파이어 웨이스트 디자인의 역사적 계보와는 상관없이
미셸이 이 디자인을 선택하는 이유도 여기에 있다. 바로 엠
파이어 웨이스트가 미셸의 체형을 더욱 받쳐주며 놀라운 시

각 효과를 보여주기 때문이다.

미셸의 엠파이어 드레스 중 가장 인기를 끌었던 것은 디자이너 제이슨 우Jason Wu의 취임식 드레스였다. 한쪽 어깨 위로 둘러진 끈이 가슴선에서 조이는 클래식한 엔파이어 라인이 매우 낭만적인 분위기를 연출했다. 그야말로 전통적인 엠파이어 웨이스트 라인이 무엇인지 보여주었다 할 수 있다. 피트감이 좋고 우아하며, 무엇보다 '하늘거리는' 주름이 아주 멋스럽다. 게다가 뒤로 약간 끌리는 듯한 스타일은 화려함을 더해주었다.

시대에 따라 엠파이어 드레스가 각광받지 못할 때도 있지만, 미셸 오바마는 시대의 흐름이나 유행에 상관없이 엠파이어 웨이스트 라인을 꾸준하게 입고 있다. 그리고 지금 그러한 그녀의 시도는 그것을 지속적인 유행으로 만들그 있다.

—— Michelle Obama ——

Michelle Styling

1 　대통령 당선 후 백악관에 입성하기 전. 버락과 미셸이 관례에 따라 퇴임하는 부시 대통령 부부를 방문했다. 청명하고 상쾌한 워싱턴에서의 그 행사를 위해 미셸은 엠파이어 웨이스트의 시스드레스를 입었다. 레드가 감도는 오렌지 계열의 진한 컬러를 선택했는데 미셸이 좋아하는 디자이너 마리아 핀토 Maria Pinto의 작품이다. 믿기지 않을 정도로 길고 우아한 실루엣을 보여준다.

2 심플한 화이트 셔츠를 입고 있는 미셸. 이 사진 속에서 그녀
는 약간 반전된 엠파이어 웨이스트를 보여주고 있다. 매우 클
래식한 아이템을 모던하면서도 활동적인 느낌으로 소화해냈다.

처음에는 상원의원의 아내로서 그리고 퍼스트레이디로서 대중
앞에 나서기 시작하면서 미셸은 분명 자신만의 패션 감각을 더욱
발전시켜 왔다. 어떤 것이 자신에게 가장 잘 어울리는지, 자신을
돋보이게 하는 스타일과 컬러, 실루엣은 무엇인지 그 답을 알고 있
는 미셸은 모든 의상을 T.P.O.에 맞춰 연출하고 있다.

— Michelle Obama —

3 유럽 첫 순방길에 나서
는 미셸. 짧은 소매의
엠파이어 웨이스트 시스드
레스를 입은 모습이 화려하
다. 미셸은 블랙의 꽃무늬
와 자홍색 실크로 된 이 드
레스 위에 함께 코디네이션
할 수 있는 코트를 입었다.
낮과 밤 상관없이 언제나 어
울리는, 완벽한 스타일을
보여주는 드레스다.

아이템에 대한
고정관념을 버려라

    대부분의 여성들은 카디건에 대해 몇 가지 편견을 갖고 있다. 너무 내추럴하거나 캐주얼한 느낌이라는 것이다. 그래서 야외 활동을 위한 룩이나 정말 편안한 자리에 나갈 경우에만 카디건을 입어야 할 것 같다. 그것마저 어색하다며 카디건 대신 가벼운 재킷이나 볼레로를 입는 사람들도 있다. 하지만 카디건은 한정된 룩에서만 가능한 아이템은 아니라는 점을 분명히 밝혀둔다.

    코트보다 더 편하면서 블라우스만 입는 것보다 좀 더 갖춰진 느낌을 주는 것이 바로 카디건이다. 미셸 오바마는 카디건 스웨터의 효과조차 멋지게 이끌어내며 다양한 스타일을 연출하는 데 활용하고 있다. 그녀는 오히려 너무 딱딱하게 보이는 수트 재킷 대신 카디건을 선택한다.

— Michelle Obama —

미셸에게 카디건은 자신의 스타일을 나타내는 또 다른 핵심 아이템이다. 입기 쉬우면서 독자적인 분위기를 나타내는 아이템, 그러나 단번에 재킷처럼 정장의 역할도 할 수 있는 옷. 카디건은 분명 변화무쌍한 패션 아이템이며 미셸은 모든 컬러의 카디건 스웨터를 잘 소화해 낸다. 베이식한 블랙 컬러나 대담한 원색, 화려한 장식이나 혹은 좌우가 다르게 디자인된 재미있는 카디건까지 모두 멋지게 입는다. 몸매가 돋보이게 입기도 하고 커다란 브로치나 벨트를 매어 악센트를 주기도 한다.

카디건을 스타일링 할 때는 주의해야 할 것이 있다. 물론 모든 아이템이 그렇지만 미셸처럼 카디건을 입을 때는 사전에 심사숙고해서 선택해야 한다는 것이다. 마지막 순간에 급하게 껴입는 것이 아니라 스타일링을 극대화하기 위해 사전에 미리 결정해 둔 아이템이어야 한다.

Michelle Styling
카디건 스타일링

1 첫 유럽 순방 중 런던 북부의 여학교 엘리자베스 가렛 앤더슨 스쿨을 방문한 미셸. 이날 미셸은 준야 와타나베(Junya Watanabe)가 디자인한 좌우 비대칭 아가일 패턴의 카디건과 짙은 청록색의 풀 스커트를 입었다. 비대칭 디자인은 자칫 잘못 입으면 까칠한 성격의 소유자로 보일 수도 있지만 미셸에게는 하나의 훌륭한 스테이트먼트 아이템이 되었고 패션 피플들은 환호를 보냈다. 미셸의 패션에 대해 판매 부수나 시청률 신장을 노린 미디어 서커스라고 비난하는 이들도 있었지만, 미셸은 평소 때와 다름없이 침착성을 잃지 않았다. 그녀는 단지 그녀의 스타일을 유지할 뿐이다.

2 2009년 봄 유럽 순방 도 중 저녁 행사에 참가한 미 셸. 아제딘 알라이아Azzedine Alaia의 블랙 드레스에 주름진 카디건을 매치했다. 전체적인 균형감을 완벽하게 완성시킨 것으로, 겹겹이 주름진 풍성한 스커트와 짧은 스웨터는 언제 나 멋진 조화를 이룬다.

미셸은 풍성한 드레스뿐만 아니라 시스드레스에도 카디 건을 멋지게 조화시키곤 한다. 시스드레스와 카디건. 이것은 그녀가 좋아하는 스타일 중 하 나다.

3 알링턴 국립묘지의 여군 모임 행사에서 연설하기 위해 참석한 미셸이 완벽한 레이어링 스타일을 보여주고 있다. 탑과 카디 건 그리고 재킷 등 여러 벌의 옷을 겹쳐 입을 때는 어떻게 해야 하는지 말이다. 아주 편하게 스타일링 한 것처럼 보이는 룩이지만, 그 안에 숨어 있는 완벽함이 빛난다.

— Michelle Obama —

4 퍼스트레이디로서 미셸의 삶은 끊임없이 밀려드는 행사와 그 행사를 잘 치르기 위한 세심한 준비로 점철되어 있을 것이다. 물론 해외 순방도 그런 삶의 한 부분이다. 가족과 함께 비행기 트랩을 내려오는 아주 일상적인 순간, 미셸은 캐주얼한 레이어드 카디건을 입었다. 헐렁하고 길이가 긴 카디건이 크롭트 시가렛 팬츠Cropped Cigarette pants와 잘 어울린다. 그리고 의상의 컬러들로 조합된 듯한 심플한 플랫 슈즈에서 그녀의 센스가 느껴진다.

아이템의 특성을
파악하고 활용하라

롱 코트는 오랫동안 그리고 지금까지도 옳은 평가를 받지 못하는 패션 아이템이었다. 그러나 미셸 오바마는 바로 이런 코트를 가장 독특하고 스타일리시하게 입고 있다. 그녀는 낮과 밤 어떤 행사에든 코트를 입는데, 그녀는 이 코트를 통해 자신의 룩에 전체적인 통일감을 주고 있다.

요즘은 가볍고 패셔너블한 코트가 많이 나온다. 그중 '카 코트Car coat'는 자동차용 코트란 뜻으로 경쾌한 느낌의 소재로 만들어진 짧은 코트를 말한다. 가벼운 카 코트는 언제 어디서든 겹쳐 입기 편하기 때문에 사계절용으로 손색이 없으며 일반 코트보다 부피가 작아서 여행용으로도 그만이다.

그렇다고 미셸이 코트를 쉽게 고르는 것은 아니다. 그녀에게 코트는 옷깃, 질감, 디자인 등 여러 면에서 스타일에 흥미를 불어넣는 아이템이기 때문이다.

  코트는 다양한 용도로 쓰일 수 있는 것은 물론이고 전체적인 스타일을 통일감 있게 마무리해주는 아이템이다. 겉옷을 적절하게 커버해 주기 때문에 잘만 활용한다면, 손쉽게 패셔너블한 모습으로 변신할 수 있을 것이다.

Michelle Styling

롱 코트

버락 오바마의 대통령 취임식 전날, 링컨 기념관 전면 계단에서
축하행사가 열렸다. 미셸은 카멜과 블랙 컬러의 조화로 클래식한
분위기를 연출했는데, 따뜻하고 시크한 멋의 롱 코트는 시대를 초월하
는 패션 아이템임을 증명해주었다. 펜슬 스커트와 블랙 탑, 카멜 컬러
의 코트와 멋진 액세서리까지 그야말로 아메리칸 룩의 진정한 정수를
보여주고 있다.

— Michelle Obama —

2 　해외 첫 순방길에 나선 미셸이 크림색 롱 코트를 입었다. 주머니와 가장자리에 블랙의 선 처리가 된 것이 악센트 역할을 한다. 클래식한 블랙 앤 화이트 컬러의 룩은 2009년 봄 당시 거의 모든 패션 잡지들이 다루었던 인기 아이템으로, 깨끗한 라인과 슬림한 실루엣이 장점이다. 롱 코트의 라인을 잘 활용한다면 체형의 결점을 완전히 커버할 수 있는 것은 물론 가늘고 긴 프로포션을 만들 수 있다.

3 유럽 첫 순방길에 나설 당시 그녀
는 짙은 자주색 실크 시스드레스
에 커다란 패턴이 있는 탑 코트를 입
었다. 타쿤이 디자인한 것으로 자홍색
위에 블랙 패턴으로 디자인된 드레스
와 블랙 위에 자홍색 패턴으로 디자인
된 코트의 앙상블은 정반대에 대한 세
심한 연구의 결과였으며, 행
사의 중대성을 잘 표현했
다는 평을 들었다. 대통
령의 첫 유럽 순방길에
손색이 없는 아웃핏으
로 소재와 프린트 모두
세련되고 정돈된 느낌
을 준다.

COLOR
MATCH

— Michelle Obama —

4 대통령 선거 유세 중 미셸은 자신만의 젊고 명료한 패션 감각을 나타냈다. 이번에는 클래식한 롱 코트를 벗어던지고, 보다 시크하면서 활동적인 느낌을 주는 트렌치코트를 선택해 새로운 스타일을 선보였다. 클래식한 스타일에 변화를 주어 자신만의 룩을 완성하는 미셸의 멋진 패션 감각이 돋보인다. 허리에 벨트를 착용해 엠파이어 라인을 살렸으며, 블랙의 롱 부츠로 스타일을 마무리했다.

5 　　2009년 5월 유럽 순방길 중 영국 런던의 버킹엄 궁전에 도착한
　　오바마 부부가 데이비드 워커의 영접을 받고 있다. 화이트 탱크
탑과 풀 스커트, 실크 새틴 소재의 롱 이브닝코트를 입은 미셸. 심플
한 시크가 무엇인지 보여주고 있다. 이렇게 짙은 블랙 컬러는 어떤 스
타일과도 훌륭한 조화를 이룬다.

6 워싱턴 D.C.까지 계속된 휘슬스톱 선거유세Whistle-stop training trip. 선거 입후보자가 기차를 타고 작은 마을을 찾아가 단기 체류를 하며 유세를 하는 것으로, 미셸은 이날 델라웨어 웰링턴에 도착했다. 마리아 코르네호Maria Cornejo의 짙은 남보라색 코트가 모던함의 정수를 보여준다. 넓고 둥근 라인의 칼라가 그녀에게 앳된 인상을 주고, 같은 계열인 보라색 컬러 머플러와 장갑이 전체적인 통일감을 해치지 않으면서 악센트를 준다.

　백악관을 떠나 주말을 즐기기 위해 캠프 데이비스로 향하는 미셸과 버락. 간편한 의상이지만 시크한 멋은 여전하다. 주말의 평상복까지 스타일리시하게 보이도록 만드는 비범한 재능이 있는 미셸. 이번에는 코트의 실루엣에 주목해보자. 아래쪽이 풍선처럼 약간 부풀려진 라인이 멋진 실루엣을 만들어준다. 코트의 길이와 엠파이어 라인을 살린 벨트 역시 세심한 선택이다. 컬러 또한 멋지다.

— Michelle Obama —

자신만의
핵심 아이템을 가져라

미셸 오바마의 패션 수첩에서 빠지지 않는 아이템은 무엇일까? 바로 벨트다. 하나의 스타일이 완성되려면 여러 가지 아이템이 필요하지만 그보다 먼저 자신에게 어떤 것이 잘 어울리는지 이해하는 것이 완벽한 스타일을 완성하는 시작이라 할 수 있다.

큰 키와 날씬한 체형을 가진 미셸은 벨트를 효과적으로 이용하여 자신의 이러한 장점들을 잘 드러내고 있다. 드레스에서 카디건, 셔츠에서 코트까지 거의 모든 옷을 입을 때 벨트를 착용한다. 벨트가 그녀의 스타일을 받쳐주는 핵심 아이템으로 인식되는 것은 당연한 일인지도 모른다. 물론 벨트라는 패션 아이템을 활용하는 데에도 그녀만의 룰은 있다. 전체 스타일을 흐트러뜨리거나 전체 룩과 어울리지 않는 소위

튀는 벨트는 절대 착용하지 않는다는 것.

또한 벨트라는 아이템을 매치시키는 데에도 그녀만의 개성은 고스란히 드러난다. 그녀는 넓은 벨트를 주로 하는데 사실 와이드 벨트는 웬만한 몸매가 아니면 소화하기 힘든 아이템이다. 자칫 잘못하면 뚱뚱해 보이기 때문이다. 그러나 위풍당당한 미셸은 넓은 벨트나 굵은 진주목걸이를 그녀의 룩을 완성하는 아이템으로 자주 활용한다. 스타일에서도 실험적인 선택을 즐기는 것이다.

제이크루 같은 대중적인 브랜드나 자신의 주 활동지였던 시카고 디자이너의 의상을 즐겨 입듯이 브랜드의 선택이나 패션 아이템의 선택에서 그녀는 다양성과 새로운 시도를 잊지 않는 듯하다. 당당한 패션, 이것이야말로 그녀 스타일의 포인트다.

Michelle
Styling
벨트

1 선거 유세 도중. 아이오와의 시더래피즈의 미국 세포연구소에 많
은 청중들이 모였다. 전국 순회 유세에 슈퍼스타 오프라 윈프리가
동참했다. 블랙으로 통일하고 벨트를 맨 모습이 시크함의 절정을 보여
준다.

버락과 미셸 오바마가 프라하
왕궁 앞에서 연설을 하기 전 환
호하는 청중들을 향해 인사를 하고
있다.

2009년 봄 첫 유럽 순방길. 클래
식한 화이트 블라우스가 커다란 리
본 모양의 장식 때문에 더욱 과감해
보인다. 미셸은 블라우스에 블랙 카
디건을 매치하고 여기에 프랑스 디
자이너 소니아 라키엘Sonia Raykiel
이 디자인한 벨트를 매었다. 벨트는
정말 미셸 스타일을 잘 받쳐주는 든
든한 아이템이다.

미셸은 같은 벨트를 다양한 스타
일로 연출했다. 소니아 라키엘이 디
자인한 이 벨트는 그녀가 유럽 순방
이후 비행기에서 내려오는 모습에서
다른 스타일에 활용되어 색다른 분
위기를 만들었다. 카나리 옐로우 드
레스와 긴 블랙 카디건에 매치된 것
이다. 이 드레스 역시 소니아 라키엘
이 디자인한 것으로 미셸의 큰 키에
매우 잘 어울리는 스타일이다.

이 사진 속의 벨트는 독특하다. 반짝이는 버클이 달린 투명 플라스틱 재질로, 그녀가 이 벨트를 한 모습은 두세 번 포착되었다. 특히 그녀의 후원자이자 친구이며 슈퍼스타인 오프라 윈프리의 잡지 《Oprah magazine》의 표지 모델이 되었을 때 밝은 오렌지 컬러의 원피스와 노란 카디건에 이 벨트를 매치했다. 오프라 윈프리와 함께 나온 잡지 표지는 대중들에게 큰 호응을 얻었다. 열정과 용기로 자신의 삶을 성공으로 이끈 두 여성에 대한 대중들의 찬사의 표현이었다.

4 존 베리 인사관리처장 취임식에 참석한 미셸. 독특한 컬러 코디네이션의 카디건에 대담하고 폭이 넓은 벨트로 마무리했다. 살짝 변화를 가미한 클래식한 스타일을 좋아하는 미셸의 취향이 그대로 드러난다.

— Michelle Obama —

5 　가족과의 평범한 나들이에서도 미셸은 자신의 트레이드마크
　　스타일을 고수한다. 베이식 블랙 탑과 슬림한 시가렛 팬츠가
모조 뱀가죽 벨트로 더욱 정돈된 느낌을 준다. 편하고 쉽게 입은 것
같지만 여전히 시크한 멋이 풍긴다.

6 미셸은 공식적인 행사에서는 바지를 잘 입지 않는 편이다. 그러나 일단 입기로 결정했다면 심사숙고해서 룩을 고르는 편인데, 역시 자신의 트레이드마크 아이템을 빼놓지 않는다. 짙은 회갈색의 통이 넓은 바지에 모조 뱀가죽 벨트를 매치했다. 아이템을 잘 활용한다면 캐주얼웨어도 얼마든지 완벽한 세련미를 나타낼 수 있다는 것을 보여주는 예이다.

같은 벨트를 완벽한 캐주얼 룩에서 그리고 다른 한편으로는 세련된 룩에서 적절하게 매치해 표현하는 그녀의 감각은 탁월하다.

현대적인 감각을 가미하라

영롱한 진주는 수백 년 동안 전 세계 여성들의 목을 장식해왔다. 진주야말로 패셔너블한 여성을 상징하는 아이콘으로 오랫동안 자리매김해온 것이다. 진주의 영원불변한 가치에 대한 증거는 뉴욕 5번가의 모튼 플랜트 빌딩Morton Plant Building에서 찾을 수 있다. 1916년 보석상 자크 카르티에는 진주목걸이 두 개를 주고 르네상스식 6층 건물을 구입했다고 한다. 그 건물이 바로 현재 카르티에 사의 거점이 된 뉴욕 5번가의 모튼 플랜트 빌딩이니 진주목걸이 두 개의 가치가 어느 정도인지를 말해준다.

누구나 진주를 가질 수 있다는 점 역시 진주가 가지고 있는 매력일 것이다. 다섯 살 생일을 맞은 꼬마 소녀부터 쉰 번째 결혼기념일을 맞이한 할머니까지 누구나 자신 있게 할 수 있는 유일한 액세서리가 바로 진주가 아닐까. 진주는 시대와 유행을 가리지 않는 영원불변의 패션 아이템이다.

　미국의 퍼스트레이디들도 진주목걸이를 선호했으며 각자 자신의 스타일에 맞게 매치했다. 특히 패셔니스타로 손꼽히는 재클린 케네디는 두 줄로 된 진주목걸이를 선호했는데, 그녀가 퍼스트레이디가 된 지 반세기가 지난 지금까지 스무 개가 넘는 웹사이트를 통해 '재클린 진주목걸이'가 인기리에 팔리고 있을 정도다. 바바라 부시 또한 진주목걸이 애호가로, 알이 큰 진주목걸이를 즐겨 착용했으며, 며느리인 로라 부시 또한 시어머니와 취향이 비슷했다.

　진주목걸이가 인기 있는 이유는 아마도 진주에 어떤 지위를 상징하는 힘이 있기 때문일 것이다. 목에 두르는 순간 시크하고 우아한 여성이 된 듯한 기분을 느끼도록 해주니 말이다.

　미셸 오바마도 대중 앞에 처음 나선 순간부터 구준히 진주목걸이를 착용하고 있다. 게다가 그녀만의 스타일로 매우 멋스럽게 소화해낸다.

　그녀의 옷장 속에서 진주목걸이는 고전미의 원천으로 빛난다. 귀빈의 영접처럼 비교적 가벼운 행사에서부터 정장을

— Michelle Obama —

차려 입어야 하는 행사에까지 미셸은 진주목걸이를 선택한
다. 진주목걸이는 그녀만의 또 하나의 트레이드마크가 되어
기존의 진주목걸이와는 다른 새로운 멋을 선보이고 있는 것
이다. 그녀의 스타일에는 확실히 내재된 일관성이 있다. 전
통적인 스타일을 선호하면서도 가끔은 모험을 즐긴다는 점
이다.

재클린 케네디는 진정한 스타일이 어떤 것인지를 스스로 표현한 첫 번째 퍼스트레이디였다. 백악관에서의 그녀의 생활은 그녀가 보여주는 고상한 품위와 멋진 패션 감각으로 더욱 주목받았으며, 그녀로 인해 두 줄로 된 진주목걸이는 미국 여성들이 가장 사랑하는 패션 아이템으로 각광받기 시작했다.

리처드 닉슨 전 대통령과 함께 서 있는 바바라 부시. 절대 패션 아이콘이 될 수 없었던 그녀였지만, 나이에 맞는 점잖은 스타일링으로 스스로를 돋보이게 만든 퍼스트레이디임에는 틀림없다. 블루가 그녀를 대표하는 컬러일 만큼 블루 계열의 의상을 좋아해 즐겨 입었는데 어떤 의상에든 거의 항상 풍선껌만큼 굵은 진주목걸이를 착용했다.

Michelle
Styling
진주 목걸이

1 존 스튜어트가 진행하는 인기 TV프로그램 〈데일리 쇼the Daily
Show〉에 출연한 미셸. 푸른색의 맞춤 정장을 드레스 업 한 그녀는
자신의 트레이드마크가 된 벨트와 진주목걸이를 잊지 않았다. 그녀는
정장에든 평상복에든 하얀색으로 빛나는 진주목걸이를 즐겨 착용한다.

2 　호프스트라 대학교Hofstra University에서 열릴 대통령 흐보 토론회에
앞서, 미셸과 신디 맥케인이 남편들과 함께 연단에 섰다. 신디는 전
통적인 컬러의 클래식한 디자인의 옷을 고른 반면, 미셸은 길고 몸에 피
트되는 페리윙클 컬러의 시스드레스를 선택해 현대적인 패션 감각을 선
보였다.

　두 사람은 극과 극의 스타일을 보여주고 있지만 대담한 컬러를 애호하
는 마음은 같아 보인다. 하지만 여기서 끝이 아니다. 대담한 컬러의 시스
드레스에 매치한 진주목걸이. 군데군데 화려한 꽃장식이 달린 길게 늘어
진 그녀의 진주목걸이는 또 한 번 대중들의 관심과 집중을 이끌어내기에
충분했다. 자칫 유치한 느낌을 줄 수 있는 꽃장식은 그녀가 선택한 과감
한 컬러와 조화를 이루며 전체적인 통일감에 변화와 악센트를 주었다.

—— Michelle Obama ——

3   2008년 8월 콜로라도 덴버에서 열린 민주당 전당 대회 이틀째 날, 여성 경제인들과의 토론회에 참석한 미셸은 앞부분에 주름이 잡힌 짙은 회갈색의 슬리브리스 드레스를 입고 세 줄의 대담한 비즈 목걸이를 착용했다. 대담한 비즈 목걸이가 그녀의 완벽한 얼굴 윤곽선을 살려주며 입체감을 준다. 목걸이 라인이 전체적인 실루엣에 어떤 영향을 주는지 잘 보여준다.

4 2009년 2월 주지사 초청 공식 만찬에 남편과 함께 참석한 미셸. 어깨끈이 없는 스트래플리스 드레스strapless dress를 수놓은 화려한 비즈 장식이 눈부시게 빛난다. 피터 소레논Peter Sorenon이 디자인한 이 드레스는 수없이 많은 줄로 늘어뜨려진 화려한 진주목걸이의 완벽한 배경이 되고 있다. 주얼리 디자이너 톰 빈스Tom Binns의 작품이다.

주얼리 하나로도
스타일을 완성할 수 있다

 미셸 오바마의 패션 무기 창고에는 진주목걸이만 있는 것이 아니다. 최근 유행을 끌고 있는 스테이트먼트 주얼리, 즉 대담하고 큰 액세서리 또한 미셸이 즐겨 착용하는 아이템이다.

 미셸은 최근 브로치에 많은 관심을 가지고 있다. 런웨이에서도 자주 등장하는 모조 주얼리가 박힌 빈티지 풍의 브로치를 조화롭게 매치하는 모습을 자주 볼 수 있다.

 특히 브로치는 드레스나 코트 등 어떤 스타일이든 자신만의 것으로 표현하는 데 큰 역할을 한다. 그래서 대담한 액세서리도 자신의 스타일로 잘 소화해낼 자신감과 패션 감각이 있는 여성에게는 활용도 높고 가장 쉽게 변화를 시도할 수 있는 훌륭한 아이템으로 여겨진다. 뿐만 아니라 커다란 주얼리는 데이 웨어와 나이트 웨어의 경계선을 넘나드는 모호한 분위기를 연출해, 패션지향적인 스타일링의 또 다른 예라 하겠다.

Michelle Styling
주얼리와의 매치

1 2008년 8월 민주당 전당대회
에 모인 수천 명의 청중 앞에
나서는 순간, 미셸은 짙은 청록색
자체로도 단연 돋보이는 7부 소매
드레스를 선택했다. 그녀가 좋아하
는 디자이너 마리아 핀토Maria Pinto
의 작품이다. 그리고 브이 네크라
인의 한 중간에 터키옥으로 장식된
에릭슨 비아몬의 브로치를 달아 좀
더 과감한 패션 센스를 발휘했다.
진한 청록색의 엠파이어 웨이스트
시스드레스와 커다란 브로치. 이것
이 미셸 스타일의 대명사가 된 아
웃룩이다.

2 　미셸이 패션 아이콘으로 새롭게 각광 받기 전에 촬영된 사진 중에 블랙과 그레이 체크가 들어간 수트를 입은 것이 있다. 그 때부터 이미 잘 고른 커다란 주얼리 하나가 그대로 스타일이 될 수 있음을 알고 있었던 듯, 그녀는 점잖은 수트에 대담한 크기의 반짝이는 브로치를 달고 있다.

— Michelle Obama —

3 　정치인 모임에 남편과 함께 참
　 　석한 미셸. 클래식 레드 시스
드레스의 멋을 한 단계 업그레이드
시킨 스타일을 선보였다. 브이 네크
라인과 주얼리로 장식된 세 개의
'나비 넥타이' 핀이 미셸의 얼굴 윤
곽을 더욱 또렷하게 나타내준다.
　이런 빈티지 풍의 스타일이 최근
유행을 끌고 있다. 패션쇼의 런웨이
에서나 볼 수 있던 드레스가 이제
각종 의류 매장에서도 다양한 가격
대로 만날 수 있는 것은 물론 빈티
지 주얼리도 쉽게 구할 수 있다.

4 미셸은 다양한 분야에서 노력하고 있다. 그리고 건강보험의 혜택을 받지 못하는 시민들을 돕는 것을 가장 시급한 사안으로 여기며 이를 해결하기 위해 노력한다.

워싱턴 D.C.의 비영리 단체 메리 센터를 찾은 미셸. 행사 분위기에 맞춰 크림 컬러의 니트와 짙은 회색 바지로 차분하고 조금은 편안하게 드레스 업 했다. 그리고 네크라인 주위에 옅은 보석을 박은 그린색의 보우 넥타이를 꽂아 악센트를 주었다. 차분해 보이지만, 독특한 디자인의 니트와 화려함을 가미해 준 보석 장식의 그린 보우 넥타이는 작은 변화로 자신만의 스타일을 유지하는 그녀의 뛰어난 감각을 보여준다.

— Michelle Obama —

Frist Lady Fashion
퍼스트레이디 패션

퍼스트레이디는 재물대 위의 표본과 같은 존재이다. 자신의 스타일을 매스 미디어라는 현미경 앞에서 철저하게 검증받아야 한다. 특히 요즘에는 각종 매체들이 발달해 누구나 퍼스트레이디의 스타일을 기록하고 비평할 수 있게 되었다.

퍼스트레이디들은 아웃핏부터 헤어스타일, 모자, 핸드백, 액세서리까지 당대 패션계에 새로운 트렌드를 만들어 왔다. 엘리노어(루스벨트) 블루, 마미(아이젠하워) 핑크, 낸시 레이건의 이름을 딴 레이건 레드처럼 퍼스트레이디를 표현하는 컬러도 생겨났다. 그러니 일단 퍼스트레이디가 되면 싫든 좋든 자신의 패션 감각이 대중에게 미치는 영향에 대해 고민하지 않을 수 없는 것이다.

옷은 자신을 표현하는 중요한 도구다. 유명하거나 평범하거나에 상관없이 어쨌든 옷을 통해 제일 먼저 우리를 드러낼 수밖에 없고, 또 상대방은 옷을 통해 어떤 메시지를 받는다. 받아들이는 개인에 따라 메시지가 달라질지 몰라도 어쨌든 우리는 고요한 새벽 신문을 싣고 지나가는 신문배달부의 옷에서도 어떤 인상을 받을 것이다.

패션에 대한 관심 정도는 사람마다 다르다. 옷에 관심이 없는 사람도 있고 창의적으로 자신을 표현하기 위해 패션을 적극적으로 활용하는 사람도 있다. 어쨌든 우리는 개일 옷을 입어야 한다. 대중의 시선을 한 몸에 받는 퍼스트러이디라면 격식과 지위의 상징으로써 옷을 입어야 할 때가 많을 것이지만, 졸졸 따라다니는 기자들이 없는 우리들에게 옷이란 나만의 취향과 습관, 직업과 문화, 환경과 실용성의 문제이다.

그러나 옷이 빼곡하게 걸린 상점에서 나만의 스타일을 찾아내는 것은 절대 쉬운 일이 아니다. 다리의 해, 허리선의 해, 어깨선 강조의 해처럼 매년마다 스타일 포인트는 왜 그렇게 바뀌는지! 그러나 다르게 생각하면 현대 여성들의 선택의 폭이 그만큼 넓어졌다는 뜻도 된다.

패션을 향한 일반 대중의 관심 또한 기하급수적으로 증폭되고 있고, 현대 여성에게 좀 더 현실적인 패션 롤 모델이 필요해졌다.

미셸 오바마는 맹목적인 화려함으로 치장한 할리우드 대부분의 스타들보다 더욱 긍정적이고 사실적인 현대 여성상을 구현한다. 성숙한 여성이며 뛰어난 능력의 소유자다. 물론 그녀에게도 퍼스트러이디라는 거역할 수 없는 아우라가 있다. 하지만 그것은 거저 얻은 타이틀이 아니다. 미셸 오바마는 스스로 새로운 길을 개척하며 지금의 자리에 올라섰다. 더구나 미셸은 백악관의 삶에 대한 환상이 없다. "제가 정말 이 자리에 있어도 될까요?"라고 물을 정도다. 패션에 깊은 관심을 나타내지도 않으며, 재클린 케네디 같은 고급 이미지의 퍼스트레이디 상도 거부한다. 하지만 분명 미셸은 단순한 스타일을 넘어 동시대의 가치를 표현하는 패션 아이콘이다. 그녀는 옷으로 주체성을 표현하며 현대인이 지녀야 할 능력에 대한 영감을 선사한다.

백악관에서의 하루하루를 '공동체적 삶'으로 만들고 싶다는 미셸. 개방적인 마음으로 다양한 계층과 사회집단을 포용하고자 하는 그녀는 그런 자신의 생각을 옷을 통해 나타낼 것이다. 그렇다면 미국의 역대 퍼스트레이디들의 패션은 어떠했으며 그들의 영향력은 어떠했을까? 퍼스트레이디들의 패션 스타일을 알아보자.

마사 워싱턴 **Martha Washington**

퍼스트레이디라는 중책을 떠맡은 첫 번째 여성 마사 워싱턴. 그러나 이 엄청난 타이틀에 걸맞은 공적 이미지를 확립하기 전까지 그녀의 행보는 불안하기만 했다. 마사는 조지 워싱턴과 결혼하기 훨씬 전부터 상당한 재력가였다. 20대 중반에 첫 결혼을 했지만 남편이 일찍 사망했고 유산을 받아 커다란 부를 축적한 것이다. 그리고 27세 되던 해에 워싱턴 부인이 되었다. 남편 조지 워싱턴 소유의 넓은 땅까지 합치자 그들의 재산은 눈덩이 불듯 불어났다. 그녀가 백악관 안주인이 되자 대중은 그녀가 너무 화려하다며 날카롭게 비판하기 시작했다. 정치 참모들은 마사에게 '진짜 사람들'이 입는 방식과 조화를 이루도록 의복의 수준을 조금 낮추라고 충고했고, 마사는 그때부터 검소해 보이는 옷을 입

기 시작했고, 영국 디자이너들의 의상을 구입하던 습관도 자제했다. 그러나 그녀의 스타일은 대중의 큰 호응을 얻지 못했다. 당시 미국인들의 꿈은 돈을 많이 벌어서 자유로운 생활을 누리는 것이었는데 마사의 옷은 반대로 지나친 절제와 검약을 나타냈기 때문이다.

마리 토드 링컨 Mary Todd Lincoln

마리 토드 링컨도 선배 워싱턴 부인처럼 최신 유행 중독자였다. 그녀는 자신의 옷장을 채우기 위해 정기적으로 뉴욕을 여행했고, 계속해서 돈을 흥청망청 써대며 과소비를 이어나갔다. 남편 링컨 대통령은 당시 매년 2만 5천 달러를 받았지만 그녀의 '과소비'를 감당하기에 역부족이었다. 백화점에서 그녀의 외상 신용도를 연장해 준 덕분에 그녀는 계속해서 옷을 사들일 수 있었다고 한다. 그러나 곧 남북전쟁이 발발했고 전장에서는 군인들의 시체가 산더미처럼 쌓이기 시작했다. 그런 상황에서 그녀의 '소비 행각'이 널리 알려져 시민들은 분노했으며 링컨 가족은 우둔하며 롤 모델의 자격이 없다는 비난을 받았다. 그녀는 남편의 정치적 부담으로 전락하고 말았다. 에이브러햄 링컨이 사망했을 때 마리는 개인 부채가 너무 커서 빚을 탕감하기 위해 자신의 옷을 위탁 판매로 처분했다고 한다.

— Michelle Obama —

루이스 루 후버 Louise Lou Hoover

　루이스 루 후버는 1930년대 초 미국의 목화 산업이 고전을 면치 못하던 시기에 퍼스트레이디가 되었다. 국민들은 그녀가 목화산업을 부활시키기 위해 노력해 줄 것이라 기대했다. 　그녀는 백악관 공식 초상화 사진에서 미국 면화로 만든 그 시대 스타일의 옷을 입고 행복하게 미소 지었다. 그녀는 미국 면화에 대한(대통령에 대해서도) 소비자들의 신뢰를 고양

시켰으며 면화상품의 판매가 증가하기 시작했고, 루는 국민의 어머니, 동시대의 스타일 아이콘으로 급부상했다.

엘리너 루스벨트 Eleanor Roosevelt

엘리너 루스벨트는 유행의 선구자는 결코 아니었지만 퍼스트레이디 역사상 수영복을 입고 사진을 찍은 첫 퍼스트레이디가 되었다. 그 후 몇 주 동안 퍼스트레이디의 과감한 '모험'의 적절성을 두고 온갖 대중매체가 시끄럽게 들끓었다.

재클린 케네디 Jacqueline Kennedy

재클린 케네디는 스타일로 자신을 표현한 퍼스트레이디이다. 재키는 미국에서 가장 영향력 있고 막강한 정치가문으로 시집갔다. 대중들은 그녀의 말 한마디마다 귀를 기울였고 그녀가 남편의 정치경력에 어떤 영향력을 끼칠 것인지에 촉각을 곤두세웠다. 예술적 분위기와 교양이 몸에 바었으며 불어까지 능숙하게 구사했던 재키는 정제된 우아함의 진수를 보여주었다. 파리의 오트 쿠튀르 살롱을 드나들면서 그녀의 기호는 더욱 발전했고, 흠 잡을 수 없을 정도로 완벽하게 옷을 입었다. 퍼스트레이디가 된 뒤에는 패턴 스케치부터 패브릭 선택까지 모든 과정을 디자이너들과 함께 하며 자신의 스타일을 개발했다.

미국 대중들은 그녀를 두 팔 벌려 환영했다. 백악관의 이 젊고 멋진 가족은 미국의 분위기를 쇄신하는 시발점이 되었다. 일반 대중들은 존과 재클린 케네디 부부가 자신들과 다른 미국의 로열패밀리라고 받아들이기 시작했고, 홍보 담당관들은 일부러 그런 메시지와 사진들을 밖으로 내보냈다. 모든 초점은 항상 재키에게 맞춰져 있었다.

가벼운 일상복을 입은 재키, 날렵한 카프리 팬츠와 카디건 스웨터, 실크 스카프를 두른 휴양지의 재키, 시스드레스를 입고 멋진 진주 액세서리를 한 재키, 이브닝드레스로 맵시를 뽐낸 재키, 슬리브리스 칼럼드레스column dress(원기둥 모양의 폭이 좁은 드레스)와 소매 길이가 긴 오페라 장갑, 다이아몬드 액세서리를 한 재키.

재클린 케네디는 과도하지 않은 우아함 그 자체였다. 케네디 가족은 소소한 생활사를 대중에게 보여준 첫 번째 대통령 가족이기도 했다. 텔레비전이 대량보급 되는 시기였고 무엇

보다, 라디오, 신문 등 여러 대중매체가 막강한 힘을 떨치던 시기였기 때문이다. 밝고, 행복한 미래를 꿈꾸는 젊은 가족. 그들의 모습이 바로 그들이 전하고자 하는 메시지 자체였다. 국민들은 너나 할 것 없이 케네디 일가의 삶을 꿈꾸었다.

재키 케네디 이후에는 대중에게 뚜렷한 이미지를 심어준 퍼스트레이디가 나타나지 않았다. 다음 퍼스트레이디가 된 버드 존슨도 대중에게 크게 어필하지 못했다. 존 Ｆ. 케네디 대통령이 암살되어 부통령이던 남편 린든 존슨이 대통령직을 승계했기 때문에 그녀의 백악관 시절도 함께 어둡고 우울해졌다. 게다가 미국 전체가 베트남 전쟁의 비극에 사로잡히면서 암흑 같은 시대가 계속되었다.

팻 닉슨 Pat Nixon

팻 닉슨은 남편의 정치적 야망을 위해 어쩔 수 없이 보수적인 스타일을 선택한 케이스다. 대통령 후보 드와이트 아이젠하워의 러닝메이트로 남편 리처드 닉슨이 지명되자 곳곳에서 닉슨의 선거비용 지출에 대해 의혹을 제기하기 시작했다. 아이젠하워는 닉슨을 포기하고 싶었지만 선거인단에게 충격을 줄지 모른다는 불안감에 빠졌고, 닉슨은 자구책으로 체커즈 연설Checkers speech(자신의 결백을 입증하기 위해 텔레비전의 방송시간을 사서 하는 연설)을 하기로 했다. 닉슨은 자신과 아내가 쓴 정치자금을 일일이 설명했다.

"팻은 밍크코트 하나 없습니다. 하지만 저는 아내가 공화당이라는 훌륭한 옷을 입고 있으니 언제나 멋있게 보이는 거라고 말해왔습니다."

아내가 공화당을 최고의 옷으로 생각한다는 겸손한 연설 한 번으로 닉슨은 자신의 정치적 운명을 구제했고 쿠통령 후보의 자격을 유지할 수 있었다.

낸시 레이건 **Nancy Reagan**

낸시 레이건이 등장하자 대중은 한 번에 얼굴을 확 바꾸었다. 낸시는 같은 무비 스타인 남편과 더불어 할리우드의

화려함을 노골적으로 드러냈다. 하지만 로잘린 카터가 수수한 옷으로 4년을 보내고 백악관을 떠나는 것을 보면서 낸시 레이건도 백악관에 걸맞은 격식과 태도를 갖추어야겠다고 생각했고 화려함의 수위를 조금 낮추었다. 그러나 대중은 낸시가 여전히 미국과 유럽의 탑 디자이너들과 긴밀한 관계로 지낸다는 것에 반발했다. 레이건 대통령의 임기 말년에 미국 경제가 비틀거리기 시작했지만 항상 긍정적인 면을 보려했던 낸시 레이건은 계속해서 자신의 스타일을 개발하는 데 열중했다.

바바라 부시 Barbara Bush

바바라 부시는 어떨까? 그녀는 패션너블하진 않지만 분별력이 있는, 만인의 할머니 같은 여성이었다.

예순네 살에 백악관에 입성한 바바라는 원색 컬러와 고전적인 스타일을 주로 입었다. 패션에 깊은 관심이 없었던 그녀는 대중에게 자신의 실용적인 스타일을 알리고 싶어했다.

힐러리 클린턴 Hillary Clinton

힐러리 클린턴은 자신의 패션 정체성에 대해 무척 고심한 듯하다. 힐러리는 다소 모순적이었다. 자신이 성공적으로 해결한 문제들을 대중이 높게 평가해주길 바라면서 또 한편으로는 만인의 여성으로 사랑받길 원했다.

자신의 일을 항상 우선으로 생각하는 슈퍼우먼이 되고 싶으면서도 사랑스러운 엄마로 비쳐지길 원했고, 세련되고 스타일리시한 여성이라는 말을 듣고 싶은 동시에 편안한 옆집 아줌마 같은 인상을 남기고 싶어 했다.

여러 가지 역할 사이에서 방황한 것만큼이나 그녀의 의상 또한 변덕스러웠다. 힐러리는 자신의 헤어스타일까지 대중의 간섭을 받아야 하는 것을 참지 못했다. 남편 클린턴 대통령의 의전 담당관들은 퍼스트레이디의 이미지를 만들기 위해 포커스 그룹focus group(테스트 할 상품에 대해서 토의하는 소비자 그룹)을 수십 번이나 조직했다. 포커스 그룹들은 힐러리가 입을 옷의 컬러부터 바지나 치마를 고르는 문제까지 시민들의 여론을 조사했다. 그럼에도 미국인들의 혐오증은 사그라지지 않았다.

퍼스트레이디들의 취임식 패션

취임식 의상을 정할 때 선배 퍼스트레이디들은 암묵적 관습대로 애국심을 고취할 수 있는 레드나 코발트블루 컬러를 선택해 왔다. 물론 미셸은 전통을 깨고 레몬그라스라는 전혀 색다른 컬러로 자신을 표현했다. 그러나 어떤 식으로든 퍼스트레이디들이 그 시대 여성들의 옷을 대표하기 위해 노력했다는 것은 분명한 사실이다.

재클린 케네디는 1961년 남편의 대통령 취임식에 오프 화이트 컬러의 칼럼드레스를 입었다. 역시 슬리브리스 스타일이었다. 액세서리로는 팔목까지 덮이는 길고 하얀 장갑을 꼈으며 어깨 위로 하얀 케이프를 둘렀는데, 1950년대 당시 여성들이 즐겨 입던 자연스런 주름으로 부피감이 풍브한 플레어 스커트와는 극적인 대조를 이루는 옷이었다. 그러나 호리호리한 몸매와 예절 교육으로 다져진 태도 때문에 그녀의 룩

— Michelle Obama —

은 더욱 돋보였다.

1965년 레이디 버드 존슨은 엷은 옐로 컬러의 이중직 실크 드레스를 선택했지만 비평가들은 시크하지 않다는 이유로 냉대했다.

팻 닉슨은 취임식 스타일을 고르면서 하나의 난관에 봉착했다. 당시 유행하던 히피 스타일이 남편의 보수적 정치스타일과는 극명한 대조를 이루었기 때문이다. 남편의 행정부를 대표하는 것이 자신의 임무라고 생각한 팻은 금색과 은색이 찬란한 미모사 실크 새틴 드레스를 입었다. 그러나 그 드레스는 끔찍한 구식 패션으로 보였으며 당시 유행에서도 한참 동떨어진 것이었다.

로잘린 카터는 스스로 코디네이션을 해보기로 결심하고 6년 전 남편이 조지아 주의 주지사로 부임했을 때 입었던 옷을 다시 꺼냈다. 가장자리가 금색으로 둘러진 블루 컬러의 시폰 드레스였다. 그녀의 옷은 새로 출범한 정부를 대신해 상당히 무게감 있는 메시지를 전달했다. 미국은 이제 겨우 한 번의 석유 위기를 넘었을 뿐, 조만간 또다시 석유 위기에 처할 수 있기 때문에 원유의 가격에 민감한 시대를 견뎌야 한다는 메시지였다.

1981년 낸시 레이건이 백악관에 입성하자 국민들은 할리우드의 화려함을 적극적으로 환영했다. 그런 대중의 인기에 부합하기 위해 낸시는 제임스 갤러노스Jemes Galanos가 디자인한 크리스털과 버글 비즈Bugle Beads(대나무처럼 생긴 비즈)로 장식된 실크 새틴의 원 숄더 시스드레스를 선택했다. 그 드레스의 가격은 1만 달러로 알려졌는데, 경제 침체 직전의 당시 경제 상황을 전혀 고려하지 않은 둔감한 선택이었다. 레이건이 재신임에 성공하여 두 번째 취임식이 열렸을 때 낸시는 다른 드레스를 입었지만 역시 검소와는 거리가 건 선택을 했다. 취임식 의상비로 4만 6천 달러 이상을 소비했다는 사실이 알려지면서 국민들이 거세게 반발했다.

아버지 부시의 아내 바바라 부시는 디자이너 아놀드 스카시Arnold Scassi가 만든 로열 블루 컬러의 벨벳 드레스를 입었다.

힐러리 클린턴은 당시 거의 무명이었던 사라 딜립스Sarah Phillips라는 디자이너의 퍼플 컬러의 레이스와 벨벳이 겹쳐진, 풍성한 벨벳 드레스를 입었다. 그러나 너무 고압적이며 억지로 꾸민 듯한 느낌이 난다는 평을 들었다. 재신임에 성공한 후 두 번째 취임식에서는 오스카 드 라 렌타의 금실 자

수가 장식된 드레스를 선택했
고, 대중들로부터 섹시하다는
호평을 들었다.

바바라 부시는 2001년 남편
의 대통령 취임식에서 비즈와
자수 장식이 화려한 오스카 드
라 렌타의 붉은 색 샹티이 레이
스 드레스를 입었고, 2005년 재
취임식에서도 역시 같은 디자
이너의 브이 넥 드레스를 입었
다. 푸른색과 은색의 자수가 돋
보이는 페일 블루 컬러의 드레
스였다.

미셸 오바마
스타일

초판 1쇄 발행 2009년 8월 20일

저자 수잔 스위머
역자 최유나
발행인 백영곤

책임편집 정재은 **편집** 김한나 **마케팅** 이현정 **관리** 강미연
디자인 All Design group **인쇄** 대일문화사

발행처 도서출판 장서가(주)
출판등록 2007년 10월 29일 제313-2007-000211호
주소 서울시 마포구 서교동 395-180 서주빌딩 301호
연락처 (T) 02-334-9681 (F) 02-334-9682

정가 12,500원
ISBN 978-89-93210-24-8 13810